KB183649

므 므
100%

일러두기

본문에 표기된 괄호의 내용은 모두 역주입니다.

모모
100%

히 비 노 ✦ 코 레 코
장편소설

권영주 옮김

자음과모음

테니스 코트에 떨어진 주근깨와 여드름과 점을 분류하는 것 같은 나날이었다. 그래, 모든 일이 아무래도 상관없었다. 테니스를 쳐서 오른팔만 끌어안는 힘이 유독 센 이 소녀들은 모두 중학교 삼학년이다. 그들은 언제나 이 테니스 코트에서 하루하루를 도둑잡기 게임처럼 교환했다. 누구와 누가 사귀었다 하는 가십이 조커였다. 한 코트에서 시합을 할 수 있는 사람은 네 명뿐이라, 여자애들은 순서를 기다리는 동안 코트 뒤쪽에서 이마를 맞대고 있었다.

빛은 점점 수축되어, 스포트라이트는 그중 세 번째로 키가 작은 소녀를 비추었다. 신발 끈을 매려고 코트 바닥에 무릎을 댔다가 무릎에 묻은 모래를 털고 있는 애가 모모다. 모

모는 몸을 숙인 김에 어제 비가 내려 코트 가장자리, 물이
괸 자리에 나뭇가지를 꽂아 깊이를 가늠했다. 여섯 소녀는
연습이 시작되기 전 모두 뒷무릎을 펴고 태양의 오드콜로
뉴를 뿌리고, 자외선차단제를 모닝 샴푸처럼 듬뿍 발랐다.

　모모는 뒤쪽에서 코트가 비기를 기다렸다. 눈앞에 있는
여자애의 포니테일이 흔들릴 때마다 노란 공이 오갔다. 코
트 사방에 흩어진 공들이 제 차례가 돌아오기를 기다리고
있었다. 모모는 공 세 개가 들어 부푼 스코츠 주머니의 모양
이 가슴에 피구공을 넣고 '왕가슴 왕가슴' 하던, 이름도 잊
어버린 그 애 같다고 생각했다. 찬바람이 모모의 몸을 쓰다
듬고 겨울이 맨다리에 쭈욱 달라붙었다. 오늘 아침 등굣길
에 아이스크림이 남긴 허물 한 개와 점자블록 두 개를 밟고
온 맨다리로 모모는 이곳에 굳건히 서 있었다.

　옆에서는 모모 말고도 다른 부원 두 명이 기다리고 있었
다. 모모가 "어제 한잠도 못 잤어" 하고 말을 걸자 두 소녀가
동시에 돌아봤다.

　"진짜? 용케 서 있네."

　"왜 안 잤는데?"

　"엄마랑 아빠가 싸워서." 모모가 말했다.

한 소녀의 눈이 점이 되어 대화에 쉼표를, 다른 한 소녀의 눈이 동그래져 대화에 마침표를 찍었다.

그때 마침 코트가 비었다. 그래서 "엄마는 '너 죽을래?' 하고 아빠는 '죽어'라고 했으니까 어쨌거나 결론은 죽음이야"라는 말을 끝으로 모모는 공 하나를 집어 크로스코트 랠리를 시작했다.

그날, 태양과 많은 승객들의 어깨가 바닥까지 축 늘어진 밤 열시 전철에서 모모는 깜박깜박깜박, 축제처럼 눈을 깜빡였다.

역에서 내려 집까지 걸어갔다. 가로등은 불이 깜박거리는 것도, 전구가 나간 것도 있었다. 마지막 길모퉁이를 돌아 직진으로 가는 길만을 남겨놓았을 때, 문득 위를 올려다봤다가 발견한 무수한 별의 숫자만큼 기관총을 쏘듯 두두두두두 심장이 뛰었다. 커다란 순무가 단번에 뽑힌 것처럼 다리에서 힘이 쑥 빠져 걸을 수 없게 되자 모모는 저도 모르게 웃음을 뚝뚝 흘리고 말았다. 자신이 호시노星野를, 그 ★노를, 한 평범한 인간을 지나치게 좋아하게 되었다는 사실에 놀란 것이었다. 그러고 나서 놀란 척하는 건 좋지 않겠지, 하고 생각을 고쳤다. 사실은 다 알고 있었다. 좋아하는 사람이 늘어나는 만큼 좋아하게 되는 것 역시 세상에 증식한다. 밤하늘을 올려다봐도 생각나고 그 밖의 옷의 무늬나 미국 국기를 봐도 생각난다. 이 세상에 호시노는 참 많다. 현미경 속 정자처럼 별똥별이 점점 빠르게 움직였다. 마음에 이제 더는 둘 자리가 없을 정도, 인생의 건더기도 이미 질척질척 풀어져서는, 나 이제 눈알이 찢어질 것 같아. 입꼬리가 올라가자 바깥 공기가 이에 닿았다. 모모는 얼굴을 들었다. 이런 밤이면 길가에 버려진 아무 불도저에 멋대로 시동을 걸고 착착 준비해 온갖 혁명을 일으킬 수 있을 것 같았다.

그러니까 새우튀김의 꼬리를 당연하게 먹는 사람에게. 내 모든 것을 남김없이 사랑해줘. 내가 아무렇게나 꾸며낸 이야기의 꼬리까지 먹어줘. 나는, 다음 생에는 꼭 말이지, 모든 인간을 한 명도 빠짐없이 좋아하려고 하거든. 그리고 좋아하게 될 거거든, 그러니까 너는, 이번 생에서, 나만을 좋아해줘. 안 된다면, 응, 뭐, 그럼 할 수 없고, 그렇다고 온 세상을 뒤져 네 마음이 있는 곳을 찾아낼 생각도 없으니까. 자, 지금 여기서 귀를 잡아 뜯고 궁둥이를 닦아.

사람들은 모모를 이야기할 때 '연애지상주의'라는 말을

쓰는데, 모모는 그 지, 상, 주의의 한 단계 위에 쇼트케이크의 딸기처럼 위치했다. 모모는 아닌 척하지만 남자 1을 좋아하고, 남자 2를 좋아하고, 남자 3을, 남자 4, 5, 6, 7……을 좋아하지만 그 이상으로 소중한 건 늘 있었다.

모모에게 생활은 수단이고 무기였다. 그리고 연애는 도구였다. 그렇기에 행복이라는 것도 그저 누군가를 향한 총구에서 튀어 나가는 무기요, 타인의 행복은 모모의 불행이나 다름없었으며, 타인의 행복은 모모에게 상처를 주는 흉기일 뿐이었다.

중학교 이학년 때 한 달에 한 번, 수요일 점심시간에 체육관에서 체육 위원회가 열렸다. 당시 모모에겐 그게 무엇보다도 두려운 일이었다. 체육 위원은 보통 각 학급의 피라미드 꼭대기를 차지한 남녀 두 명이 해왔는데, 그해 모모의 반은 '수준 미달'이었다. 그래서 여느 때 같으면 도무지 피라미드 꼭대기에 올라설 수 없는 모모가 체육 위원이라는 중대한 역할을 맡게 되었다. 체육 위원회는 모모가 매년 봄방학에 '한 반에 이 아이들이 모이면 최악이겠다' 하고 우울해하며 별사탕같이 반짝반짝하고 뾰족뾰족한 인간들을 골라 작성한 학급 멤버 명단과 완전히 일치했다.

교실과 먼 체육관에서 열리는 위원회에 참석했다 돌아올 때면 모두가 왁자지껄 시끌벅적 모여서, 학급을 가르는 장벽이 마구 짓밟혀 부서진 채로 이동했다. 모모는 그 틈에서 자신이 외톨이가 되는 모습을 몇 번이고 상상할 때마다 마음이 닳아 떨어져 나가는 듯했다.

모모는 위원회가 있는 수요일에 몇 번은 학교 자체를 빠졌고 몇 번은 보건실에 갔다. 그 수단을 더는 쓸 수 없게 되자 선생님에게 "점심시간에 의논드릴 게 있다"고 해놓고 다른 체육 위원에게는 "선생님이 불러서 가야해, 미안"이라며 거짓말을 했다. 위원회가 끝날 때까지 이야기를 길게 늘일 수만 있다면 내용은 뭐든 상관없었기에, 모모는 선생님에게 "우리 반에 왕따당하는 애가 있다"고 또 거짓말했다. 자신의 안전한 중학교 생활에 수요일이 각목을 들고 덤벼드는 게 정말 견딜 수 없었다. 그래서 화요일 밤이면 생각할 수 있는 모든 패턴을 몇 번이고 시뮬레이션했다. 이 애와 이 애가, 그 애와 그 녀석이 딱 붙어 이야기하기 시작하면 나는 외톨이가 될 수밖에 없다. 선생님에게 가짜로 고자질할 거리도 이제 없다. 시뮬레이션은 다 해봤다. 다시 말해 내일 점심시간 회의를 그냥 넘기는 것은 이제 한계라는 뜻이다.

그래서 수요일 4교시가 끝나고 점심시간이 되자마자 같은 반 남학생인 미네오에게 먼저 고백해 사귀기로 했다. 종이 울려 학생들이 교실 뒤편에 있는 사물함에 짐을 넣으러 가느라 혼잡한 틈을 타 말을 걸었다. 모모는 미네오가 "괜찮긴 한데, 나 저번에 아이모토한테 고백받은 거 알지? 그러니까……"라며 머뭇대자 "알아, 아무한테도 말 안 할게"라고 답했다. 그러고는 위원회가 끝나자마자 옆자리에 앉은 친구에게 "있지, 나 미네오랑 사귀기로 했다"고 말했다. 친구는 놀란 표정을 짓더니 한껏 호들갑을 떨기 시작했다. 모모는 화제의 중심에서 한 발짝도 움직이지 않은 채 다른 애들에게 둘러싸여 교실로 돌아왔다.

모모는 코팅 엽서 뒷면을 떼어내듯, 질에서 몸을 벗겨내면 쉽사리 바닥이 드러나는 인간이라고 스스로를 생각했다.

연애를 그런 식으로 소비만 해온 데다 고등학교도 중학교 그대로 올라갔으니, 그때그때 상황에 맞춰 잠깐 한번 사귀었을 뿐인 일회용 남자들이 많았다. 그런 토막 연애를 막대 그래프로 나열한다면 모든 음표가 오선 맨 윗줄에 닿지 않는 악보처럼, 하나같이 자궁에 도달하지 않는 연애였다.

예를 들어 미네오는 수요일 점심시간의 모모를 일시적으로 구해주었고, 남자 테니스부 주장이었던 구노는 동아리에서 테니스를 제일 못 치는 모모의 입지를 담보해주었다. 한번은 다른 반 친구가 첫 체육 시간에 교사가 가령 '보물선'을 외치면 반드시 남녀 혼성 세 명이 그룹을 만들어 자리에 앉아야 하는 레크리에이션을 했다고 일러준 적 있었다. 여든 명 정도가 참여하는 그 게임은 그룹에 끼지 못했다고 무슨 벌을 받는 것은 아니었다. 그저 여든 명을 글자 수대로 나누고도 남은, 그룹에 끼지 못한 이들이 선 채로 얼굴을 붉히게 될 뿐이었다. 자신의 첫 체육 시간에도 같은 레크리에이션을 할 게 틀림없다고 확신한 모모는, 그 게임을 두려워하다 못해 공작을 펼쳤다. 출석 번호순으로, 세로로 줄을 섰을 때 옆에 설 곤다와 가볍게 사귄 것이다.

그 순간만의, 순간접착제 같은 연애는 대개 모모와 상대방만이 알고 있었다. 그래서 체육대회 출전 종목을 정하려고 남학생들이 교실 뒤 칠판 근처에 모여 있다든지 할 때, 모모는 자신과 이런 일 저런 일 있었던 남학생들끼리의 만남을 흥미롭게 바라보곤 했다. 그러나 모모가 이해관계를 떠나 연애해보고 싶다고 생각한 사람에게는 정말로 쉽사리 거절당해온 터라, 그를 중심에 두고 반에 흩어져 있는 전 남친들과의 눈에 보이는 거리와 보이지 않는 거리를 가늠하는 것도 즐겼다.

해를 거듭할수록 다른 애들이 모두 휴대전화를 갖게 되면서, 언제부터인가 휴대전화가 없는 사람은 같은 학년에서 모모뿐이게 되었다. 그래서 모모는 팬티를 팔아 자급제 스마트폰을 샀다. 하지만 그건 처음 목적이 휴대전화를 사기 위함이었을 뿐, 스마트폰을 손에 넣은 뒤로는 스마트폰을 이용해 팬티를 팔고 그 돈으로 팬티를 사 다시 팔았다. 어머니가 우체국에서 근무했기에 옆 동네 우체국까지 가서 상품을 보냈다. 어디를 가나 아는 얼굴을 만나는 시골 동네였던지라, 서류봉투를 들고 온갖 장소를 우왕좌왕하며 모모는 자신이 있을 자리는 어디에도 없다고 느꼈다.

가끔씩 양말이나 내복을 사겠다는 사람이 있을 때는 수동적으로 그런 것도 팔았지만, 능동적으로 판 것은 어디까지나 팬티뿐이었다. 팬티를 판매하는 소녀 중에는 새 팬티를 공중화장실 바닥에 문질러 더럽힌 다음 파는 사람이 많았지만, 모모는 오히려 실제로 팬티를 더럽히는 편이 훨씬 편해서 정말로 입었던 것을 팔았다. 그렇게 품질 좋은 상품을 파는 우량한 소녀가 흔치 않았는지 재구매율도 높았다. 지저분한 빨간 실내화를 장난삼아 내놓았더니 팔린 적도 있었다. 더러워질 대로 더러워진 실내화 덕에 모모가 실제로 중학생이라는 신빙성이 높아졌는지 매출은 점점 늘었다.

왜 다른 것이 아니라 구태여 팬티를 팔았는지는 정말 아무래도 상관없는 일이었다. 유칼립투스 잎만 먹으며 성장하는 코알라 같은 청결함과 올바름이 모모 안에 내내 있었다. 상품으로서의 팬티에 특별한 이유가 존재하지 않는다 해도 가끔은 즐거운 일이 있었다. 예를 들어 '이틀 동안 갈아입지 않는다' '화장실 갔다가 닦지 않는다' 등의 옵션을 자신이 정한 가격과 함께 상품 옆에 적어 이미지 파일을 만드는 일이다. 그건 어쩐지 용기가 나지 않아 줄곧 써보지 못했던, 인스타그램의 투표 기능과 비슷해 즐거웠다.

모모는 인생의 어느 부분을 도려낼 수 있다면 꼭 여기, 하는 부분에 늘 살고 있는 기분이었다. 지방흡입을 하듯 간편하게 인생의 잉여 부분을 뽑아낼 수 있다면 좋을 텐데, 하고 생각했다. 그러면 자신이 송두리째 빨려나가 소멸할 것 같기까지 했다. 모모에겐 친구를 고르는 것도 자동판매기 버튼 네 개를 동시에 누르는 일과 조금도 다르지 않았다. 아무도 나를 전혀 이해해주지 않는다. 그렇게 자신을 이해해주지 않는다고 악을 쓰던 인생 선배들에게도 점점 그들을 이해해주는 사람들이 생겨났다. 모모는 우주선에서도, 라벤더밭에서도, 핵 대피소에서도 이제 자신만이 '아무도 나를 이해해주지 않는다'고 말하는 게 아닐까 싶었다.

★노와의 관계는 지금까지 사귀었던 어떤 남자와도 완전히 달랐다. 팬티를 파는 일은 지금까지 살기 위해 했던 어떤 식사와 수면과도 조금 달랐다. 오른손으로 호시노와 손을 잡거나 팬티를 입고, 왼손으로 우울과 지루함의 머리를 쓰다듬었다. 모모의 생활은 언제부터인가 떨어질락 말락 하는 바위처럼 기적적인 균형을 이루며 안정되었다. 그래도 역시 이 어쩔 길 없는 우울함과 지루함은 언제나 살아 있는 생물이라, 매일매일 역시 완전히 포기하지 못하고 요괴처럼 목을 쭉쭉 늘였다. 모모는 무지개처럼 머리를 꺾어 쳐들었다.
뭔가를 버리는 게 늘 무서웠다. 뭔가를 버리는 게 가능할 정도로 소중한 것을 찾지도 못했다. 하지만 뭔가를 버리지 않을 수 있다면 자신의 일부는 뭐든 잘라낼 수 있었다. 바꿔 말하면 자신을 장식하는 온갖 것을 버리지 않기 위해, 예를

들어 자신의 분홍 허벅지를 도려내거나 새끼발가락을 잡아
뜯는 것쯤은 아무렇지도 않게 할 수 있었다. 온갖 것을 나이
에 걸맞은 크기의 등에 짊어지고 버리지 않았다. 언제나 무
거웠다. 그만두고 싶다고 몇 번을 생각했는지 모른다. 반지
코걸이 귀걸이 팔찌, 그런 액세서리 같은 고랑을 몇 개씩 스
스로 차고 있었다. 그리고 그건 벗을 수 있는 게 아니라고
믿어 의심치 않았다.

그래, 그렇기에 모모는 헨젤과 그레텔의 빵 부스러기처럼
돌아볼 바큇자국도 없었고, 과거를 애정하는 일은 분명 앞
으로도 불가능할 것이다. 크고 작은 색색의 고랑을 모조리
이곳에 버리고 가면 법을 어기는 게 될 것 같은 생각까지
들었다. 머리의 나사를 안전하게 푸는 방법도 가랑이를 귀
엽게 벌리는 방법도 스스로를 사랑하는 방법도 이게 네가
사랑하는 방식이다, 하는 방식도 여태 전혀 모르겠다.

감정을 꽃다발처럼 안고 있었다. 그중에는 시든 것도 있
다. 빛을 얹어 찰랑이는 수면 같은 행복도, 사랑하는 이들에
게 돌린 굳은 등 같은 불행도 모두, 하루하루에 녹아들어.
요에 묻은 생리혈을 지우는 메이크업리무버 같은, 누군가
가, 무언가가, 머잖아, 꼭, 네게도, 생길 것이다.

열여덟 살 때 처음 결혼한 호시노라는 이름의 남자는 딱 요에 묻은 생리혈을 지우는 메이크업리무버 같은 사람이었다. 호시노는 '모모'라기보다는 "모오!" 하고 투덜대듯 모모를 불렀다. 모모와 호시노는 중고등학교 동창이었지만, 두 사람의 관계는 줄곧 둘만 아는 것으로 머물렀다.

열다섯 살 모모는 몸에서 약간의 피를 내는 게 취미였다. 이쑤시개로 잇몸을 쿡쿡 찌른다든지, 핀으로 손가락을 찌른다든지. 귀이개의 귀지를 파는 부분이 아닌 쪽으로 귀를 계속 쑤시면 왜 그런지 안심이 되었다. 물속에서 꿀쩍꿀쩍 요괴처럼 꿈틀거리는 피와 하얀 요의 커버에 묻은 귀걸이만 한 핏방울, 검붉게 젖은 귓불의 끄트머리처럼 자신의 몸에서 나온 것은, 그게 액체든 고체든 언어든 행동이든 아주 징그러웠다.

호시노는 중학교 이학년 때, 어느 사립 중고등학교에서 모모가 다니는 중고등학교로 전학 왔다. 그리고 호시노는 피를 내는 모모의 취미를 고스란히 대신하게 되었다. 이제 흐르지 않는 피의 양만큼 모모 안에 호시노가 있었다. 자기 안의 더러움과 징그러움, 그런 것을 모조리 대체하는 존재가 호시노였다.

★노, ★노, ★노. 공책에 좋아하는 사람의 이름을 쓸 때는 별의 다섯 꼭짓점 중 왼쪽 밑에서 시작해 '노'로 끝났다. '호시노 모모'보다 '★노 모모'가 더 잘 어울리게 느껴졌다. 쑥스러워서 어떤 편지든 '★노에게'라고 썼고, 메신저 앱에 표시되는 이름도 '★노'로 변경했다.

여느 때와는 다른 시간에, 여느 때와는 다른 식으로 교실 문이 열렸다. 어째선지 조례에 교감선생님이 들어와 "하시모토 선생님이 건강 문제로 휴직하게 되셨으니, 이 반은 일시적으로 내가 담당하겠어요"라고 말했다. 이 주 뒤, 이번에는 교장선생님이 조례 시간에 교실로 와 "하시모토 선생이 그런 짓을 할 줄은 몰랐다. 내 오랜 친구인데, 미안하다"고 울며 사과했다. 하시모토 선생님은 미성년자 음행으로 학교에서 해고되었고, 다른 교사가 정식으로 모모의 학급 담임을 맡게 되었다. 호시노는 그다음 주에 모모의 학교, 모모의 반으로 전학을 왔다. 태풍이 지나가고 활짝 갠 하늘 같아서 이질감을 풍기는 키 큰 전학생을 모두가 주목했다.

우등생 분위기를 짊어진 전학생이 입을 열자 인상은 당장 바뀌었다. 당시 호시노는 부원이 모두 여학생이었던 취주악부에 들어가 주위를 놀라게 했다. 그러면서 취주악부에서 사귄 여친은 한두 명뿐이었고, 다른 연애 상대는 모두 테니스부며 댄스부, 배턴 트월링부에서 택했다. 중학생 특유의 끈적한 자의식이 호시노에게서는 송두리째 빠진 듯 보였다.

호시노가 원래 다니던 곳에서 이 학교는 그리 멀지 않았기에, 그쪽 학생과 같은 학원에 다니는 아이나 같은 댄스 그룹에 속한 아이도 많았다. 정보는 빠른 속도로 전달되어 얼마 되지 않아 "호시노 걔, 원래 있던 중학교에서 여친을 강간해서 퇴학당했다더라" 하는 소문이 온 학교에 자자했다.

"무슨 소리야?"

"여친을 집에 불렀는데, 침대 밑에 호시노 친구 둘이 숨어 있었대. 그렇게 셋이 여친을 강간했다는데."

그 외에도 호시노가 몇 반 아무개와 공원 벤치에서 키스하더라, 몇 학년 아무개와 통화하면서 딸 쳤다더라 등 온갖 소문이 끊이지 않았다. 중학생 여자애에게는 너무 외설스러워 차마 이해되지 않는 단어들이 호시노에 관한 소문에는 잔뜩 있었다. '아무개'를 어느 누구의 이름으로 바꿔 호시노에게 "호시노, 아무개랑 키스했다는 거 사실이야?" 하고 묻는다 해도 그가 "당근이지, 걔랑 사귀는 사이고 진도 끝까지

다 나갔다"며 브이를 그릴 것은 알고 있었다. 호시노는 그 어떤 황당한 소문에도 100퍼센트 긍정했고, 그런 의미에서 호시노는 어떤 소문에 관해서도 진위를 밝힌 적이 없었다.

호시노의 SNS 프로필사진은 옆에 있는 여자애가 달라질 때마다 빠른 속도로 바뀌었다. 아주 잠깐 그의 사진에 여자애가 없을 때를 노려 메신저 앱의 상태 메시지에 '★'을 써놓으면 호시노에게서 '나 말이야?' 하고 연락이 온다는 건 주지의 사실이라, 거의 모든 여자애가 그렇게 해본 적이 있었다. 대머리를 스스로 웃음거리로 삼는 개그맨처럼 호시노에게는 그런 서비스 정신이 있었다. 호시노는 자신에게서 얼마만큼 작은 구멍을 발견해도 테이블보를 단숨에 잡아 빼듯 그 구멍을 크게 키울 수 있는 사람이었다. 그러고는 파라 벌룬처럼 모든 사상事象을 뒤엎어 경쾌하게 주위를 현혹했다. 모모는 자신을 송두리째 덮을 수 있는 것에 덮이는 것을 좋아했다.

호시노의 이목구비는 잘 정돈되어 있었지만 그렇다고 미소년은 아니었다. 유난히 말랐고 키가 큰 데다 늘 히죽거리는 표정이었으며, 취향이 좋지 못한 나쁜 남자 집단을 늘 거느리고 다니면서도 그 집단의 리더는 아니었다. 누구보다도 나쁜 인간인 척하고 누구보다도 배짱이 두둑해 재미있는 사람으로 여겨졌고, 어느 남자에게 어디까지 말해도 되는지 선을 잘 알고 지키는 사람이었다. 집단의 참모 같은 위치에서 짐짓 어릿광대를 연기하는 남자이기도 했다.

그날, 호시노는 교문에 자전거 안장 몇 개를 꽂아놓은 죄로 교장실에 불려 갔다. 반 애들 대다수가 도시락을 다 먹었을 때쯤 호시노는 '2-3' 교실로 돌아왔다. "호시노!" 한 남학생이 박수를 치기 시작하자 남학생들 사이에서 웃음 섞인 박수가 드문드문 일었다.

"어떻게 됐어?"

"어떻게는, 뭐. 교문에 안장을 꽂으면 안 됩니다. 자전거에서 안장을 빼면 안 됩니다. 그 이상도 이하도 아니었어, 당연히."

"진짜냐."

"잘됐네."

"그리고 모친한테 전화해서 내일 학교로 오라고 한 거랑 반성문이랑 앞으로의 생활 태도 향상을 감시하는 거랑, 동영상 사이트에 시시껄렁한 동영상 올린 것도 오늘 중으로 삭제하래. 그리고 스마트폰은 몰수. 그 인간, 부모님께 전화 걸게 폰 달라해놓고 더럽게 남 뒤통수를 쳤다니까. 뭐, 그 정도?"

호시노가 올린 동영상이란 땅따먹기를 하면서 같은 학년 의 예쁜 여자애들 이름을 잇달아 외치는 것일 테다. 끝부분 에는 물 흐르듯 모모의 이름도 등장했다. 같은 학년 애들 대 다수가 봤으니 조회수는 220회 정도였다. 그 밖에도 몰상식 한 동영상은 많이 있었고, "그런 채널, 조금이라도 주목받았 다간 불판 정도로 끝나지 않을걸"이라는 게 학생들의 중론 이었다.

반 여자애들은 그룹별로 모여 자리를 빌리고 빌려주며 도 시락을 먹고 있었다. "호시노, 쟤 뭐니." 동영상에서 맨 처음 이름이 불린 미야노가 목소리는 작아도 또렷하게 말했다.

호시노의 교문 안장 사건의 전말을 다 듣자 모두 쫑긋 세 우고 있던 귀를 납작하게 접고 식사와 원래의 수다로 되돌 아갔다. 그렇기에 그건 갑작스러운 일이었다. 먼저 문제의 동영상 첫머리에 이름이 세 번이나 불린 미야노에서 시작 되었다.

"미야노, 나랑 사귀자"며 호시노가 손을 내밀자, 미야노는

"흥, 절대로 싫어"라고 대답했다. 그러더니 이번에는 그 뒷자리에 앉은 아베에게, 거기서 거절당하자 또 그 뒷자리로 이어졌다. 세 번째부터는 호시노와 남학생들이 여느 때처럼 장난치는 중이라 확신한 여학생들은 더는 호시노를 상대하지 않았다. 굳이 과장되게 "미안해"라고 하지 않아도 고개를 흔들거나 손을 내젓는 것만으로도 호시노를 완벽하게 찰 수 있었다.

호시노가 이 폭풍 고백을 얼굴이 제일 예쁜 미야노에서부터 시작한 게 아니라, 그저 교실 맨 앞줄 맨 오른쪽 자리에서 시작했을 뿐이라는 것과 누구 하나 고백 상대에서 빠뜨리지 않았다는 사실에 모모는 무척 감탄했다.

이어서 자신의 차례가 될 타이밍에 모모는 화장실에 갔다. 문을 잠그고 실내화 코를 한참 내려다보다가 복도로 나오자, 아니나 다를까 호시노가 그곳에 있다가 "모모, 나랑 사귀자"고 했다. 모모는 감정을 얼버무리듯 모호하게 웃으며 플리츠스커트의 주름을 쥐었다. 호시노가 내민 손이 꼭 자신을 통째로 들어 올릴 불도저의 삽만큼 커 보였다. 아하하, 에헤헤. 두 사람은 의미도 없이 웃었고, 모모는 "아무한테도 말 안 할 거면"이라 답했다. 호시노의 눈이 휘둥그레지면서 복잡하게 뒤얽힌 아래 치열이 드러났다.

보글보글 경쾌하게 입에서 거품이 뿜어져 나왔다. 그렇다면 이제 아무도 타는 이 없는 시소처럼 시시한 평형을 유지하고 있는 마음의 요기, 끄트머리를 심장이 펄떡 뛰어오를 만큼 확 눌러주지 않겠나! 나는 당신 인생의 복숭아나무가 될 테니, 당신은 내 벚나무가 되어주면 안 되겠나. 열매를 맺을 테니 당신은 알아서 꽃잎을 떨어뜨리든지, 지든지 해주면 좋겠다.

호시노가 교실로 돌아가 '모모가 오케이 해서 사귀기로 했습니다!' 하고 장난칠 가능성은 충분했다. 하지만 그러면 모모는 '얘는, 내가 언제 그랬어!' 하며 호시노를 때리면 된다. 옆구리를 간질여도 된다. 호시노는 성가신 실랑이를 벌이느니 조금도 주저하지 않고 그렇다고 해줄 수 있는 사람임을 모모는 알고 있었다. 애초에 소문에 따르면 호시노는 남자요, 여자요, 여친 하나만 바라보는 사람이요, 남녀 불문하고 애인이 다섯 명 있었다. 그중 어느 호시노와 사귀어도 즐거울 것이라고 모모는 생각했다.

"호시노 말야, 3반 여자애 모두한테 고백하고 모두한테

차였다는데."

"호시노 걔 뭐니."

모모는 그런 호시노의 다음 상대가 자신이라 생각하자 겸 연쩍었다. 텔레비전에 나온 것처럼 자랑스럽기도 했다.

호시노는 첫 데이트 때 검은 케이스에 든 민트 사탕 한 알을 먹고서 모모를 향해 숨을 하아 내쉬었다. 그래, 강렬한 민트 향이 났다. 별다른 도구도 필요 없이 가슴이 그저 옥죄었다. 처음으로 타인의 입술 냄새를 맡았다. 입술 자체에서는 멘소래담 냄새가 났고, 코밑에서는 갓난아기 같은 냄새가 났고, 입안에서는 그날 먹은 도시락 반찬 냄새가 났다.

호시노와 사귀기 시작한 뒤로 모모는 키스하는 법을 알려고 잠자는 친구를 상대로 연습했던 초등학교 시절이 그리워졌다. 지금은 키스도, 그다음도, 그다음 다음도 식은 죽 먹기였다. 콧노래를 흥얼거리며 가슴을 갈라 그 안에 러브를 놓고 다시 왼 가슴을 꿰맸다. 나는 그렇게 해서 러브를 배웠어. 거짓말을 배웠어. 남자가 좋았다. 자기 말고 세계 인류가 모두 남자라면 좋을 텐데, 하고 모모는 생각했다. 거리에 놓인 소화기가 몽땅 남자의 그것이라고 생각해봤다. 고슴도치의 가시가 몽땅 남자의 그것이라는 망상을 경쾌하게 부풀려봤다. 모모는 쾌락 가운데 자신을 유기하기를 좋아했다. 손목을 긋는 것도 나쁘지 않았지만, 아픈 것보다 기분 좋은 쪽이 자신에게 맞는다는 것을 호시노를 만나며 처음으로 알았다.

호시노는 늘 무용담의 규모를 크게 키우려고, 이야기가 더 재미있게 들리도록 하려고 안간힘을 썼다. 호시노에게는 아무리 터무니없는 일을 해도 주위 사람을 놀라게 하지 않는 재주가 있었다. 호시노는 그런 저 자신을 좋아했다. 모모는 그런 호시노를 좋아했다. 호시노와 모모의 심장은 조금 형태가 비슷했다. 그래서 호시노는 상의의 로고나 액세서리로 하의의 색을 받치듯 모모를 받쳐준 것이다. 호시노는 모모의 히어로였다. 더없이 형편없고 저질이면서 누구나 한 번은 좋아하고 두 번 세 번 싫어하는 그런 인간이었다. 히어로였다.

호시노와 손을 잡고 처음으로 맞이한 여름방학이었다. 동아리 활동이 끝난 뒤 땀범벅으로 호시노를 만날 수는 없는 터라, 모모는 갈 때 입는 옷과 연습복, 올 때 입는 옷을 준비했다. 이 습한 여름에 무거운 짐을 들고 역에서 학교까지 걸어가느라 땀이 더 나는 악순환에서 모모는 늘 헤어나지 못했다.

그날 동아리에서 어뮤런을 했던 기억이 있다. 요일별로 운동장을 쓰는 동아리가 정해져 있었는데, 원래는 테니스부가 운동장을 쓸 수 있는 요일이었지만, 대회를 앞둔 핸드볼부 때문에 들어가지 못했다. 지도교사에게 상황을 확인한 주장은 "2학년, 어뮤런이에요"라고 선언했다.

"한 바퀴요?"

"한 바퀴로는 시간을 못 때우니까 두 바퀴."

"두 바퀴!" 비명이 터져 나왔다.

어뮤런은 한 바퀴 빙 돌며 학교 근처 산을 올라갔다 내려오는 코스였다. 산이라기보다 산을 깎아 만든 고급 주택가를 가로질러 달려야 했다. 전에 이 산에 시라세 어뮤즈먼트 파크라는 놀이동산이 있었다는데, 언제부터 이어져 내려온 이름인지 놀이동산이 문을 닫은 뒤로도 여태 어뮤런이라 불렀다. 운동부원들이 애용하는 코스였다.

산 위에 자리한 학교 교문을 나서서 산을 더 올라가면, 큰 집과 유난스레 긴 차, 커다란 현관이 늘어선 고급 주택가가 싸늘하게 시선을 던졌다. 그곳에서 더 가면 잘 정비된 도로 하나가 지날 뿐인 숲으로 변했다. 좀 더 나아가면 키 큰 나무들 옆 색 바랜 높은 기둥 두 개 사이에 한 사람이 입장할 때마다 철봉이 철컥 돌아가는 게이트가 이전의 모습을 좀체 찾아볼 수 없는 상태로 아직 남아 있었다.

교문까지 다 함께 늘쩡늘쩡 걸어갔다. 주장이 "자, 정신 차리자!" 하며 손뼉을 쳤다.

어뮤런을 달리는 동아리는 그 밖에도 있었다. 핸드볼부와 육상부도 자주 뛰었고, 취주악부와도 이따금 마주쳤다. 육상부는 그들이 계속 추월하면 다른 동아리의 사기가 떨어진다는 이유로 다른 동아리와 정면에서 마주치도록 반대 방향으로 뛰어야 했다.

교문을 나서서 비탈을 올라가 조금 지나면 이미 마라톤 대회처럼 부원과 부원 사이에 거리가 꽤 벌어진다. 모모는 마음만 먹으면 끝에서 세 번째로 달릴 수 있었지만, 오늘은 앞을 달리는 한 명의 뒷모습만 놓치지 않으려 의식하며 맨 꼴찌로 달렸다.

태양은 고함치듯 작열하는데, 큰 나무들의 고요한 그늘 덕에 굵은 줄무늬처럼 더웠다 시원했다 더웠다 시원했다하며 환경이 변했다.

갑자기 "모모" 하고 누가 불렀다. 뒤를 돌아봤지만 아무도 없었다. 앞도 마찬가지였다.

그때 버석버석 소리가 나더니 옆 나무들 뒤에서 누군가 일어섰다.

"호시노?" 하고 묻자 호시노는 어쩌고사우르스처럼 천천히 고개를 들었다.

"여긴 웬일이야?"

"그냥, 어뮤런 땡땡이 치는 중." 호시노는 씩 웃더니 "모모는 어디 안 좋은가 본데"라며 짐짓 모모의 이마에 손을 얹었다. "100퍼센트 열났네."

"그야 진지하게 뛰었으니까." 모모도 웃었다.

차가 오지 않는다는 걸 알아도 도로 한복판에 있으려니 마음이 불안해져 호시노를 데리고 길가로 다가가자, 호시노와 정면에서 마주 보는 모양새가 되었다. 모모는 '역시 키가 크네' 생각하며 호시노를 올려다봤다. 무슨 생각인지 호시노는 입을 쩍 벌리고서 숨을 하아 내쉬었다. 강렬한 민트 향이 풍겼다. 모모가 얼굴을 찡그리자 호시노는 딸꾹질하듯 웃었다.

"모모가 몸이 아파서 간병한 걸로 하면 나도 무죄방면이 란 말이지."

"그건 괜찮지만, 그럼 호시노의 부축을 받으면서 애들 있 는 데로 돌아가야 하는데. 잃는 게 너무 많지 않아?"

호시노가 얼굴을 찌푸렸다.

"호시노가 '우리 학년 싫은 인간' 베스트 스리에 든다던데."

"몇 위?"

"그건 못 들었어."

호시노는 문득 뒤를 돌아보더니 녹슬고 넝쿨로 뒤덮인, 원형이라곤 남아 있지 않은 펜스 같은 것을 가리켰다.

"여기 옛날에 놀이동산이었다더라."

"그렇게 옛날도 아닐걸. 우리 부모님이 자주 갔다고 했거 든."

"무슨 심령 스폿인 것 같던데."

"그야, 뭐. 폐원한 놀이동산이니까."

바람이 세게 불었다. 숲을 둘러싼 나무들이 허둥지둥 흔 들렸고 얇은 연습복이 휙 나부꼈다.

"갈래?"

호시노가 여드름 난 얼굴로 씩 웃으며 흘깃 뒤돌아봤다.

"그거 불법침입 아냐?"

"그렇지 않아. 난 법률 공부를 하거든."

잘라 말하는 호시노를 향해 모모는 훗, 하고 웃었다.

"놀이동산이 아직 있어? 다 철거한 줄 알았는데."

둘은 펜스 너머를 올려다봤지만, 롤러코스터 꼭대기나 관람차 일부가 보이지는 않았다.

"이젠 없는 거 아냐? 디즈니 같은 데 갔을 때 고속도로부터 롤러코스터가 보였다고."

호시노가 펜스 쪽으로 걸어가자 모모는 저쪽에 원래 놀이동산 입구였을 듯한 게 있다고 가르쳐주었다. 둘은 그쪽으로 거침없이 다가갔다.

하지만 입구에 다다라도 놀이동산이 펜스와 대량의 나무로 둘러싸인 건 똑같았다. 어쨌거나 이 숲속에, 철조망 너머에, 놀이동산이 있을 것 같지는 않았다.

"결국" 하고 말하며 호시노는 녹투성이인 초록 펜스를 잡았다. "이걸 넘지 않으면 무리일 것 같네."

펜스 위로 빛이 쏟아져 펜스를 기어오르는 호시노의 머리가 빛무리에 둘러싸였다.

"호시노, 머리가 꽤 갈색이네?"

"아니, 빛이 머리를 딱 비추잖아." 호시노가 웃었다.

테니스 연습용 신발은 바닥이 두껍기에 신발만 벗어 펜스 너머로 던지고 모모도 펜스 틈에 발부리를 잇달아 쑤셔 넣으며 가뿐히 펜스를 타 넘었다. 내려갈 때는 호시노의 도움을 받았다.

철조망을 넘어 숲속을 나아가자 나무가 점점 드문드문해지더니 적갈색 길이 곧게 이어졌다.

얼마 동안 길을 따라가니 주위가 너무나도 환히 트이는 바람에 모모는 저도 모르게 하, 하고 웃었다. 하지만 메인 놀이기구는 그곳에서 보이지 않았다. 휴게소 같은 낮은 건물과 롤러코스터의 입구였을 문과 간판 등은 낙서로 뒤덮인 채 존속하고 있었다. 유명한 테마파크를 1천 분의 1 정도 규모로 줄인 듯한 곳이라 놀이기구와 놀이기구의 간격이 유난히 넓게 느껴졌다.

낮은 건물로 달려간 호시노는 안을 들여다보더니 그곳으로 쏙 들어갔다. 모모는 용케 저런 데 들어가네, 생각하며 주위를 둘러봤다. 광대한 땅과 그곳에 있는 사람 수의 대비가 섬뜩하게 느껴졌다.

호시노는 곧 안에서 나오며 "여기 화장실이더라. 거울 깨졌던데” 하고 말했다.

시골 기차역 같은 건물이 있었다. 벽에 빽빽하게 낙서가 되어 있었다. 방문객들을 줄 세우려 박아놓은 말뚝들을 지그재그로 돌아 널따란 계단을 올라가자 롤러코스터 타는 곳으로 이어졌다. 목재로 지은 건물이라, 모모는 한 걸음 디딜 때마다 발로 강도를 확인했다. 반면 호시노는 서슴없이 앞장서서 걸어가 모모는 그가 밟은 부분만 조심스레 골라 밟았다. 높이와 규모로 짐작건대 어린이용 롤러코스터였을 듯했다.

롤러코스터 자체는 철거했는지 없었다. 기구가 지나는 레일을 사이에 두고 타는 곳과 내리는 곳이 있었다. 호시노는 반동을 이용해 건너편으로 점프했다. 겁이 난 모모는 그쪽으로 가지 못했다. 투명한 지면 아래로, 열차가 들어오기 전의 역을 생각나게 하는 선로가 있어서였다.

“거기 그냥 있어도 돼.”

호시노는 건너편에 앉아 다리를 늘어뜨렸다. 모모도 그를 흉내 내며 자리에 앉았다.

“일제고사 어땠어?”

모모가 조금 큰 소리로 묻자 호시노는 짐짓 손바닥을 내

보이며 고개를 갸웃거렸다.

"난 지금까지의 경험으로, 시험 전날 딸을 안 치면 성적이 잘 나온다는 걸 알거든. 뭐, 근데 어제는 했으니까 의미 없지만."

햇빛이 두부를 가르듯 보드랍게 둘 사이로 비쳐들었다. 호시노가 있는 쪽이 양지, 모모가 있는 쪽이 음지였다. 문득 모모의 시야에 나풀거리는 머리카락이 보였다.

"얘, 호시노." 모모는 호시노에게 손짓했다. "머리가 말이야."

"머리?"

"보통 머리카락은 이 정도잖아?" 모모는 천천히 손으로 머리를 훑고서, 빠진 머리카락 한 올을 호시노에게 들어 보였다. "안 보여!" 호시노는 머리카락을 잡으려 했으나 손이 닿을 성싶지 않았다. 그는 플랫폼에서 내려와 조심스레 선로를 건너와서는 모모가 앉은 플랫폼에 손을 얹고 몸을 쑥 들어 올렸다. 두 다리 사이에 모모의 몸을 끼우듯 쭈그리고 앉은 호시노는 머리카락을 빼앗아 엄지와 검지로 잡고 빛에 비추어 보더니 "뭐, 잘 모르겠네"라고 말했다.

"응, 나 원래 머리숱은 많거든. 그 왜, 저번에 한 과학 실험, 현미경으로 머리카락을 보는 거 있었잖아? 각 팀에서 한 명씩 머리카락을 내놨어야 했는데. 내가 가위바위보에서 지는 바람에 머리를 풀고 손가락으로 훑었더니 이모토가 산할멈 요괴 같다는 거야."

호시노의 표정은 딱히 변화가 없었다. 모모는 말을 이었다.

"실린더에 침 뱉는 것도 있었지. 요오드액 떨어뜨리면 보라색이 되는 거. 다른 팀에선 다들 목숨 걸고 가위바위보 했는데, 호시노만 자진해서 침을 제공했고 말이야." 모모는 의미심장하게 웃었다. "미야노가 호시노랑 같은 팀이라 처음으로 다행이었다고 하더라."

"미야노가 침 뱉게 하면 그건 사내가 아니지."

호시노가 농담조로 대답했다.

"자, 봐. 찾아봐."

모모는 호시노의 손목을 꽉 붙들고 뒤쪽으로 끌어당겼다.

"가끔 말이야. 엄청 꼬불꼬불한, 정말이지 나사같이 굵은 머리카락이 있거든. 목욕하기 전에 거울 앞에서 두 시간쯤 그런 머리카락을 찾아 하나도 안 빼놓고 뽑아야 해. 원래는 멀쩡했던 머리카락이 중간부터 굵고 꼬불꼬불하게 변하는 경우도 있어."

호시노는 서툰 손놀림으로 모모의 머리를 헤쳤다. 두피에 호시노의 손가락이 스치는 느낌이 났다. 이윽고 호시노의 손이 머리카락 한 올을 잡고서 동작을 멈추었다.

"이건가?"

"뽑아줘."

"뽑는다."

호시노는 그렇게 말하고 손가락에 머리카락을 감아 잡아당겼다.

모모는 조금 전 호시노에게 건넨 머리카락과 방금 호시노가 뽑은 머리카락을 나란히 들어 봤다. 모모는 호시노의 어깨에 머리를 가볍게 얹었다. 눈앞에 황폐한 놀이동산이 펼쳐졌다. 까마귀 몇 마리가 우짖으며 하늘을 몇 겹으로 갈랐다. 모모는 호시노의 옆얼굴을 흘깃 봤다. 호시노의 시선을 따라 눈길을 뚝 떨어뜨린 곳에 자신의 머리카락 두 올이 있었다.

머리카락 두 올. 실과 나사만큼 굵기가 달랐다. 굵은 쪽은 트위스트 빵처럼 여러 번 꼬여 있었다. 온갖 수라장을 겪어 온 머리털이었다.

"작년 가을 생리가 멈췄을 때부터 계속 이래." 모모는 호시노를 바라봤다.

"머리에서 갑자기 이걸 발견하면 피오줌이 나왔을 때만큼 무섭겠다."

"징그러워?"

호시노가 고개를 저었는지 아닌지 판가름하기 어려웠다. 바람이 두 번 불었을 때 호시노가 "우리 엄마는 내가 목욕하고 나오면 매번 내 고추를 빨았어. 초등학교 삼학년 때까지. 그게 더 징그럽지"라며 웃었다.

공기는 단단해서 들이마시려 하면 코가 막혀 숨이 쉬어지지 않았다.

망가질 대로 망가진 자신에게서 나오는 것이 모모는 징그러웠다. 새치라든지, 나사만큼 굵고 꼬불거리는 머리카락이라든지, 질에서 나오는 매실장아찌만 한 핏덩어리 같은 것. '네가 가진 그 쓰레기 같은 게 실은 희소가치가 높거든'이라든지, '그 어두운 과거를 내다 팔면 비싼 값에 팔릴걸' 같은 말을 누가 해주기를 나무 그루터기에서 줄곧 기다리고 있었다. 그루터기를 지키며 토깽이를 기다리고(수주대토守株待兎 이야기), 자신을 끌어안으며 세계를 기다린다. 하지만 호시노처럼 자신의 모든 것을 내놓고 세계를 뒤쫓는 사람도 있는데. 거기까지 생각한 찰나 호시노가 손목을 잡고 모모를 재촉해 선로로 나왔다. 롤러코스터는 당연하게도 가장 높은 곳에서 시작되는지라, 선로를 기어오르기는 쉽지 않았다. 선로 옆에 있는 작은 점검용 통로를 따라갔다. 태양을 피할 수 있는 장소가 따로 없었기에 빛이 소매의 갖은 틈새를 파고들어 몸 구석구석으로 퍼졌다.

"뭔가 죄를 짓고 나서 목격자랑 중요한 증인을 몰살하는 이야기가 많잖아?" 호시노가 앞을 응시한 채 말했다.

"그게 뭐야."

모모가 웃었다.

"날 목격한 녀석들. 그러니까 같은 중고등학교를 다녔다든지, 같은 학원을 다녔다든지, 그런 녀석들 말인데. 난 걔들을 죄다 죽여야 할 것 같거든. 내가 존재조차 잊어버린 녀석이 나를 기억할지도 모르잖아."

목소리는 호시노의 등에서 들려왔다. 이미 호시노는 겁 많은 모모에게는 불가능할 만큼 높은 위치까지 올라가 있었다.

"늘 모든 게 새하야면 좋을 텐데 싶어. 바큇자국은 나자마자 사라져주면 기쁘겠고. 하지만 죽어도 잊고 싶지 않은 것

하고 죽어도 잊고 싶은 게 섞여 있으니까 성가시단 말이지. 그러니까 모모도 나랑 같은 학교여서 재수가 없었어, 진짜로."

호시노의 깡마른 윤곽을 빤히, 빤히 바라보느라 눈이 감당할 수 있는 빛의 양은 이미 오래전에 허용량을 초과했다. 눈을 몇 번 깜빡여봐도 눈의 건조함과 아픔이 가라앉지 않았다. 문득 좋아하는 사람의 등에 시선으로 제 이름을 쓰면 사랑이 이루어진다는 주술이 생각났다. ㅡ, ㅡ, 하고 썼다. 이어서 천천히 'ㄴ'를 썼다. 호시노의 등과 티셔츠 사이로 바람이 스치자 티셔츠가 부풀었다. 모모는 눈으로 바람을 밀어내며 다시 같은 동작을 반복했다.

"재미있는 녀석은, 멋있는 녀석은, 꼭 왕따를 시키거나 당하는 애거나 둘 중 하나라더라. 권투선수도 다들 그 둘 중 하나고." 호시노는 장난스러운 목소리와 표정, 농담조의 말투를 유지하며 말을 이었다. "난 어느 쪽도 아니란 말이지."

좋아하는 사람의 몸에 뿌리내린 콤플렉스를 송두리째 뽑아버려주고 싶다 생각하는 것은 분명 사랑일 것이다. 죄책감의 미터를 완전범죄로 훔쳐내주고 싶었다. 하지만 그런 일은 불가능하니까. 분명 어떤 장대한 이론에 어긋나니까. 원래부터 그런 것이 없는 인간을 좋아하게 되고 싶다고 모모는 생각했다. 모모는 "호시노!" 하고 주장을 지명할 때처럼 그를 불러봤다.

좋아하는 사람이 설령 살인을 했더라도 천연덕스럽게 웃으면 좋겠다. 당신의 표정이 흐려지는 일은 절대로, 절대로 없으면 좋겠다. 얼굴에 비가 내리는 것은 더더욱 있을 수 없는 일이고, 당신 자신이 세상에서 제일이라고 계속 생각하게 해주고 싶다.

호시노가 롤러코스터 선로 끝에 서 있고 모모는 역으로 돌아와 앉아 있어서, 둘은 마치 해적선의 선장과 선원 같았다. 플랫폼으로 내려온 호시노와 눈이 마주치자 모모는 입꼬리를 씩 올리며 윙크했다. 호시노는 "뭔데?"라며 웃었다.

"있잖아, 호시노는 여자애의 형태가 아무리 일그러졌어도, 뭐랄까, 아메바 같아도 정말로 전혀 신경 쓰지 않잖아?"

구름이 느릿느릿 움직여 태양을 가린 순간, 태양의 강렬한 빛이라 느낀 어둠 뒤 눌어붙을 듯한 환한 빛으로 돌아왔다.

"그렇다고 겉모습보다 내면을 중시하는 건 아니겠지만."

모모는 그렇게 말하고 호시노의 표정을 살폈다. 호시노는 모모의 얼굴을 눈빛으로 간질이듯 그리고 그것을 즐기듯 웃고 있었다.

"그야, 난 예쁜 몸도 마음도 얼굴도 아주 좋아하지만, 상처투성이 몸이랑 마음이랑 얼굴도 그건 그것대로 사랑하고 싶거든."

모모는 호시노의 성실함이 좋았다. 세상 어떤 인간과도 잘 수 있는 성실함이 좋았다. 같은 학년에서 가장 인기 있는 여자애, 가장 존재감 없는 여자애 그리고 나. 그 모두와 자고도 그게 뭐 어쨌다고? 하는 태도를 취할 수 있다는 점이 좋았다. 모모가 한 말이 죄다 거짓말이라도, 성별이 뭐라도, 여자처럼 보인다는 점만으로 성욕을 가져준다는 게 고마웠다. 반 여자애 모두에게 고백하는 것도, 어느 여자애와도 자는 것도. 호시노는 아주 공평했다. 그건 '특별'보다 훨씬 더 안심되는 것이었다. 자신이 '특별'에서 탈락되어도, 몸과 마음이 너덜너덜해져도 평등하게 사랑받을 수 있어서다.

눈물 심芯은 모모의 눈 속을 찌르는 것을 멈추지 않으니, 모모는 심을 공격하는 의미로 눈을 몇 번 세게 깜박였다. 일부러 태양을 직시하며 눈부시다는 듯 실눈을 떴다.

"하지만 그건, 그런 건 호시노한테 미안하잖아." 모모는 눈물을 몸속, 마음의 중심 정도까지 눌러 담고서 다음 말을 이었다. "내일부터는 이가 적으면 적을수록 아름답다는 식으로 생각하면 어떨까? 아름다워지고 싶으면 이를 빼면 되고, 밋밋한 얼굴로 계속 있고 싶으면 그래도 돼. 모든 게 치아 수로 정해지는 거야. 연 수입도, 학력도, 미추도, 재능도, 운도. 저번에 곤도랑 수족관에 갔을 때 봤거든. 외뿔고래는 미간에서 튀어나온 그 엄니 같은 게 길면 길수록 인기가 많대."

"곤도라니. 센스가 없네, 이 팬티팔이녀." 호시노는 웃으며 바지 허리춤에 손을 가져다 댔다. 그는 오른쪽 상공을 쳐다보며 짐짓 미간에 주름을 잡고 얼굴을 찡그렸다. 동상 같네, 생각하며 모모는 호시노를 올려다보고 웃었다. 호시노는 허리춤을 잡고 있던 손가락을 몇 개 접고 양 검지로 제 사타구니를 가리키며 "핥아"라고 말했고, 모모는 탁구공을 받아치듯 "징그러워"라고 답했다. 호시노는 바람에 떠밀리듯 웃었다.

호시노는 교내에서 말하는 대부분의 '징그러워'를 한 몸에 받고 있는 남자였다. 태반의 소문의 주어고, 대개의 험담의 대상이고, 모모의 모든 '총구 오브 러브'가 겨냥하고 있는 남자였다.

아아, 난 사랑을 자랑으로 잘못 읽었고 섹스보다 근사한
차를 더 좋아하지도 못하겠어. 끌어안아 당신에게, 나에게
이 몸에 줄을 그어주면 좋겠어. 당신의 팔만큼 짜부라져보
고 싶다는 말조차 하지 못해 모모는 호시노의 배꼽까지 몇
십 센티미터 거리를 갉았다.

열네 살 모모는 1등부터 42등까지 반 애들의 순위를 명확
하게 매겨줄 어떤 것을 바랐다. 그게 어떤 기준이든 상관없
었다. 그러면 자신이 계속 발버둥 칠 필요가 없어질 것이라
생각했다. 밤하늘의 별만큼 수많은 올바름이 지긋지긋했기
에 인간의 순위가 1부터 80몇억 번째까지 권투를 해 정해
지면 좋겠다고 생각했다. 그래서 모모는 학원에서 시험 점
수만으로 앉는 순서를 정하는 게 좋았다. 치아의 수로 정하
는 아름다움도. 모든 게 불안정한 십대 시절에 그걸 손에 넣
으면 미래영겁 안심할 수 있다, 하는 어떤 절대적인 것을 원
했다.

그래도 호시노와 함께 있으면 그런 순위 자체가 의미 없
지 않을까, 인류는 공작새 깃털에 박힌 눈알처럼 아름답게
뿔뿔이 배치되어 있는 게 아닐까, 하는 생각이 들었다. 둥지

에서 어미가 돌아오기만을 기다리는 새끼새처럼 그렇게 믿는 게 가능했다.

돌아오는 길 전철에서 모모는 호시노의 히죽거리는 표정을 곱씹었다.

그 남자는 언제나 나의, 이 나의 상처투성이 몸과 마음과 얼굴을, 그건 그것대로 사랑하겠다고 선언했다. 그건 모모에게 가장 중요한 일이었다. 만약 자신이 불로불사였다면 모모는 분명 몇 번이고 죽어봤을 것이다. 사랑받는다는 건 불로불사가 된다는 뜻이다. 주어지는 사랑의 수만큼 구명줄이 몸에 목도리처럼 칭칭 감긴다.

전철 창밖은 왼편에서 햇빛을 받아 타버린 모모의 얼굴처럼 왼쪽만 빨갛게 부어 있었다. 안구에 흔들리는 붉은빛을 반사하며 모모는 멍하니 눈을 깜박였다. 학교를 불태우는 것보다 긴카쿠지를 태우는 게 더 중요하다니, 그럴 리 없었던 거야. 앞머리 매무새보다 섹스가 중요한 때는 일 초도 없었어.

소행성이 우주 끝에서 날아와 지구가 멸망하게 된 날에 생리 이틀째를 맞이하는 것 같은 한심함이 자신에게 있는 것 같았다. 그래서는 호시노와 함께 있고 싶어도 함께 있지

못할 수도 있다. 지구 종말 십 분 전에 생리대를 갈고 있을
지도 모른다. 모모는 하아, 하고 투명한 한숨을 쉬었다. 옅
게 퍼진 한숨 뒤로 터무니없이 넓은 푸른 하늘을 비춰보며
모모는 보잘것없는 태양을 엿보았다.

 현관에 들어서서 신발을 벗고 뒤꿈치에서 떨어뜨렸다.
 값싼 구두를 신고 나간 탓에 발이 우스울 정도로 까져 피
투성이였다. 구두의 끈 자국이 발등에 남아 신을 벗어도 여
전히 신고 있는 것 같았다. 빨간 구두다. 발에 힘을 꽉 주자
쉽게 상처가 벌어져 심하게 아팠다.
 싸구려 단지의 샤워기 일체형 욕조에 뜨거운 물을 받았
다. 만듦새가 허술한 욕조에 물을 받으면 늘 변기 옆 타일까
지 모조리 물에 잠겨 파란 욕실 세제나 녹색 스펀지, 젖빛
변기 청소용 솔 등이 둥둥 떴다.
 거울 앞에서 자기 자신과 눈싸움을 벌이자, 자신의 머리
와 거울 속 머리도 눈싸움을 시작했다. 머리카락을 한 움큼
쥐어 거울 속 자신에게 내밀었다. 건초 더미 속의 바늘 하나
를, 십만 가닥의 머리카락 중 백 가닥의 새치를, 오십 가닥
의 나사만큼 굵은 머리카락을. 하얀 것, 찾아내, 뜯고, 하얀

것, 찾아내, 뜯고, 뜯고, 바늘, 찾아내 뜯고 찾아내 뜯고, 그 모든 것에, 하나하나에, 분명 원인이 있다고 생각했다. 이건 호시노고 이건 미야노, 이것도 호시노, 이것도 호시노, 미야노 그리고 이노우에, 엄마, 새아버지, 오빠인 류, 남동생인 류, 미네오에 곤도…… . 하얗지도, 규격에 어긋나게 굵지도, 비틀리지도 않은 머리카락 한 올 한 올에도 모두 합당한 이유가 있다고 생각했다. 그만큼 자신은 앞을 볼 필요가 있다 필요가 있다 필요가 있다고 스스로를 타일렀다. 세면대에는 콘서트 마지막에 흩날리는 컨페티처럼 머리카락이 무수히 떨어져 있었다.

옷을 벗었다. 100엔 숍에서 산 서류봉투에 팬티를 넣었다. 내일 동아리가 끝나면 우체국에 가자. 배낭 안, 어디에 쓰라는 건지 진짜 모르겠지, 하며 모두가 웃는 등 부분의 주머니에 넣자. 이 생활 전부가 고스란히 팬티를 팔아야 하는 이유라고 생각했다.

먼저 샤워기 수도꼭지를 틀자 37도의 더운물이 폭죽처럼 쏟아졌다. 모모는 머리를 적신 다음 엉덩이를 욕조 바닥에 붙이고 어깨까지 물에 담근 다음 두 발을 욕조 밖으로 내놓았다. 꼭 죽어가는 곤충 같은 자세였다. 모모는 욕조 밖으로 삐져 나간 자기 발을 유심히 바라봤다.

발만 내놓은 채 몸을 담그고 있자 햇볕에 그을어 껍질이 벗겨진 손가락이 쓰라렸다. 피곤이 왈칵 밀려왔다. 온몸에 달라붙은 작은 기포에 손을 가져다 대니 거품들이 잇따라 보글거리며 꺼졌다. 거품이 묻은 음모는 소금에 버무린 다시마조림 같았다. 발을 오므렸다 폈다 해봤다. 의식에 연동되어 발가락이 펴졌다 굽었다 했다. 징그럽다고 생각했다. 특히 새끼발가락이 역겨웠다. 엄지의 4분의 1도 되지 않는 못생기고 작은 살덩어리. 부르르 몸서리를 쳤다. 손을 대각선 위로 뻗어 새끼발가락을 만져봤다. 이 방향 저 방향으로 구부리고 주물러봐도 도무지 존재 의의를 알 수 없었다.

문득 모모의 머리에 기묘한 생각이 떠올랐다.

이 새끼발가락이 내게 붙어 있는 게 아니라 내가 새끼발가락에 붙어 있는 게 아닐까? 나는 말하자면 새끼발가락의 부속품인 것이다. 그렇게 생각하니 어쩐지 노여움 비슷한 게 치밀었고, 그게 뚜렷한 윤곽을 띠기까지 그리 오랜 시간이 걸리지 않았다.

모모는 먼저 오른발 새끼발가락을 천천히 비틀었다. 조금 저항이 느껴졌지만 계속 비틀자 쏙 빠졌다. 포도 알을 손으로 따듯이, 아니 그보다도 훨씬 쉬웠다. 빠진 것에 조금 힘을 주자 부슬부슬한 쿠키를 으스러뜨렸을 때처럼 손안에서 부서져 가루가 되었다. 그대로 욕조에 담그고 손을 씻었다. 새끼발가락은 생각보다 훨씬 약하고 작았다. 이어서 왼발 새끼발가락도 뽑았다. 한쪽만 뜯어내면 대칭이 맞지 않는다고 생각해서다. 그렇게 해서 모모의 발가락은 합해서 여덟 개가 되었다. 길고 긴 속눈썹이 한 가닥 빠졌을 때와 같은 기분이라고 생각했다. 물이 발에 닿지 않도록 욕조 가장자리와 가장자리에 올라서서 발을 여덟팔 자로 벌린 채 머리를 감았다. 몸을 씻었다. 배스타월로 자신에게서 물방울을 떼어내며 모모는 머리를 벽에 탁 부딪쳤다.

고등학교 일학년의 십일월도 끝나가는 지금, 문과와 이과 중 어느 쪽을 선택할지 정해야 했다. 반에서 지금까지 자리를 세 번 바꿨는데, 모모의 자리는 언제나 호시노를 장기의 왕으로 치면 1수로 그 이동 범위 내에 안착하는 위치였다. 호시노의 자리 번호를 쓴 제비와 모모의 제비가 번호표가 든 상자 안에서 손을 잡고 있는 게 아닐까 싶었다. 그러니까 앞으로도, 설령 호시노와 모모가 뿔뿔이 흩어지더라도 호시노의 조각과 모모의 조각이 접착되어 있으리라고 믿을 수 있었다.

호시노의 생일은 아직 더 있어야 하고 모모의 생일은 겨우 지난 시기여서 두 사람은 한 살 차이가 났다. 열다섯과 열여섯의 한 살 차이는 바다표범과 바다사자를 동일시하는 만큼 이상하게 느껴졌고, 작은 연령 차 사이로 부는 웃바람이 간지러웠다. 학교 끝나고 오는 길, 둘이 조금씩 더 나이를 먹으면 결혼해도 재미있을 수 있겠네, 하고 웃으며 말하던 호시노의 표정이 점점 진지해진 것을, 모모는 미래로 이어지는 중요한 복선으로 더없이 선명하게 기억한다. 어쩌면 **정말로** 재미있지 않을까, 하고 호시노는 말했다. 모모는 기뻐했다. 하지만 물론, 호시노가 결혼을 재미있어 하는 시기에 마침 모모가 결혼의 도구로 옆에 있었을 뿐이라는 사실은 알고 있었다.

원래부터 가끔 편지를 주고받을 때면 둘 다 혼인신고서의 뒷면에 글을 썼다. 앞면에 본인이 기입해야 하는 부분도 모두 채워 넣었다. 호시노가 편지를 쓸 때 그렇게 하기에, 어느새 모모도 따라 하기 시작했다. 그것도 모모를 향한 호시노의 마음이 특별해서가 아니라, 호시노에게는 그게 집에 들어갈 때 신을 벗는 정도로 당연한 습관이라는 것을 모모는 그의 전 여친 비밀 계정을 보고 알았다. 우리 혼인신고서 내보자, 하고 말할 때의 쑥스러움을 감추려 '혼잉신고서'라 일부러 틀리게 말하는 것까지 똑같았다. 호시노는 한 번 관계를 가진 여자애를 카드놀이의 트럼프 카드처럼 생각하는 게 아니었다. 애정과 경외심을 지니고 사장실에 장식한 역대 사장들의 사진처럼, 마음만 먹으면 효력이 발생하는 혼인신고서를 통해 기록한 것이었다.

부족한 것은 결혼 증인과 호적등본 그리고 이 년이란 시간이었다. 결혼 증인은 성인이 된 호시노 누나와 임의의 누나 친구에게 부탁하기로 했다. 호시노의 누나가 모모를 소개시켜줘야 증인이 되어줄 수 있다고 주장했으므로, 꽤 많이 주저한 끝에 모모가 호시노의 집에 초대받아 가게 되었다. 호시노의 집으로 가는 길, 마침 호시노를 처음 만났을 무렵 종종 헤드폰에서 귀로 그리고 마음 한가운데로 쉴 새 없이 흘러들던 곡이 들려왔다. 뭔가가 크게 바뀐다는 당시의 삐걱거림이 역시나 들리는 듯해서 억누를 수 없이 가슴이 설렜다.

호시노의 집은 넓은 도로에 위치한 큰 단독주택이었다.

맨 아래층은 주차장이고, 그 옆 계단을 올라가면 현관이었으며, 그 주위를 널따란 정원이 둘러싸고 있었다. 양쪽에 큰 귀걸이를 늘어뜨린 호시노의 어머니는 "어서 오렴" 하며 미소 짓고서 모모 옆에 선 호시노에게 "올해 벌써 벌집이 생겼더라. 원래는 모모가 실수로 다치는 일이 생기지 않도록 미리 제거했어야 하는데, 오늘에야 알았지 뭐니. 그러니까 되도록 빨리 없애줘"라고 말했다. 차림새가 생각보다 간소한 것 외에는, 호시노의 어머니가 바이올리니스트라고 들었을 때 상상한 모습과 이미지가 대체로 일치했다.

층고가 높은 거실의 큰 테이블을 사이에 두고 부엌 쪽엔 호시노의 어머니와 호시노의 누나가, 커다란 창문 쪽엔 모모와 호시노가 앉았다. 찬바람이 불어와 커튼이 흔들릴 때마다 빛 방울이 나무 테이블 위에서 금붕어처럼 헤엄쳐 다녔다.

"모모는 문과에 가니?" 하고 호시노의 어머니가 묻기에 모모는 "네, 그러려고요" 하고 스푼을 입에 문 채 눈을 들어 올려다봤다.

"호시노는 벌써 정했던가?"라고 호시노에게 묻자 "얘는 의학부에 보낼 생각이야" 하고 호시노의 어머니가 대답했다.

"절대로 불가능하거든." 호시노는 농담하듯 즉각 말했다. 모모는 지금까지 호시노와 주고받은 대화를 통해 호시노의 농담 섞인 'NO'는 '내키지 않는 YES'라는 것을 알고 있었던 터라, 혹시 호시노가 어머니의 뜻을 따를 생각인가 하고 조금 놀랐다.

"그야 미쓰루는 그렇게 말하지만. 알잖니, 타마키가 이렇게 됐으니까 미쓰루만이라도." 호시노의 어머니가 그의 누나를 쿡 찌르자 누나는 한천을 뽑듯 쏙 웃었다.

"타마키는 고등학교 때까진 우수했는데, 대학에서 나쁜 친구한테 속는 바람에 망했거든." 호시노가 모모에게 설명했다.

"타마키도 미쓰루 나이 때까지는 열심히 노력했지만 이젠 이 모양이니까, 엄마는 되도록 타마키한테 상관하지 않기로 했어. 타마키도 그걸 원하잖아? 원래는 타마키도 음대에 가주길 바랐지만 한 번 벗어나면 두 번 다시 돌아갈 수 없는 길이니까. 미쓰루는 아직 열다섯 살이니 미쓰루가 타마키처럼 되도록 둘 순 없어."

딸도 아들도 아들 여친도 반응을 보이지 않자 어머니는

아들에게 조준을 맞추었다.

"미쓰루도 지금까지 쓴 학원비가 얼마나 되는지 알지?"

"그러게. 수입차 살 돈이지. 그렇지만 수입차도 사줘야 해." 호시노는 해맑게 웃었다.

호시노의 누나는 어머니의 커다란 손에 부드럽게 쥐어진 악의와 대치할 때마다, 아무 일도 일어나지 않았고 앞으로도 일어나지 않을 것이라는 듯 의연한 태도를 취했다. 그렇다고 그 악의를 아무도 먹지 않을 수는 없으니 호시노가 대신 농담을 섞어 보란 듯이 먹어치우는 것이었다. 오랜 세월 어머니와 싸우면서 남매가 갈고닦아온 콤비네이션이 빤히 보였다.

어머니가 요리해준 크리스마스풍 저녁 식사를 거의 다 먹었을 무렵, 어머니가 "다음엔 애도 모모네 부모님께 인사드리게 하렴" 하고 미안한 듯 말했다. "부모님은 뭘 하시는 분이니?"

모모가 대답하지 못하자, 호시노의 누나가 "미쓰루의 초등학교 졸업앨범 볼래?"라고 모모에게 물었다. 호시노가 불평불만을 늘어놓으려나 했는데, 예상과 달리 누나 말을 깜짝 놀랄 만큼 순순히 받아들이며 가볍게 어깨를 으쓱이기만 했다.

호시노의 누나를 따라 한 층 올라가 복도 끝 방으로 들어갔다. 길쭉한 방은 자투리 공간을 활용하려고 만든 듯했다. 붙박이 책꽂이가 벽을 빽빽하게 메워 한 사람만이 겨우 지나갈 수 있었다. 게다가 누가 움직일 때마다 먼지가 날아올라 모모는 에취, 하고 재채기를 했다.

모모는 호시노 누나가 머리 꼭대기부터 말꼬리에 이르기까지 모든 게 동글동글한 사람이라고, 자신이 허물없이 만져도 해를 가하지 않을 사람이라고 인식했다. 책꽂이 맨 밑칸에서 호시노의 졸업앨범을 찾는 깔끔한 단발머리가 그걸 고스란히 상징하는 듯 느껴졌다. 키도 모모보다 10센티미터쯤 작고 다섯 살짜리 어린애 같은 투로 말하는 사람이라, 맑은 날 우산을 쓰려는 생각이 들지 않는 것처럼 이 사람에게 존댓말을 쓴다는 선택은 아예 존재하지 않았다.

타마키는 호시노의 초등학교 졸업앨범을 펴고 동생의 얼굴 부분을 검지로 누르며 태연하게 말했다.

"이 나라에 있는 거의 모든 초등학교에서 비상경보 장치가 장난으로 눌린 적이 있을 텐데, 그건 다시 말해 각 초등학교에 그걸 누르는 애가 한 명씩은 있었다는 뜻이고, 그렇게 따지자면 미쓰루가 다닌 초등학교에선 그 누군가가 미쓰루였거든."

모모는 조금 자랑스러운 기분으로, 호시노를 진원지 삼아 사이렌이 방사상으로 울려 퍼지는 장면을 상상했다. 요란한 소리의 중심에서 상상 속의 초등학생 호시노는 역시나 자신이 벌인 일에 겁먹지 않고 여느 때처럼 히죽거리고 있었다. 문득 아까 식탁에서 호시노가 묘하게 온순했던 게 생각나 모모는 "호시노는 집에 있을 때랑 학교에 있을 때 느낌이 많이 다르네"라고 말했다.

"알아. 그래서 늘 타마키가 엄마인 척해."

"무슨 말이야?"

"미쓰루는 늘 비상 연락처에 관계는 어머니라고 쓰고 타마키 전화번호를 적거든. 필요할 땐 학교에도 가. 타마키는 동안이니까. 저번에도 미쓰루가 교문에 자라를 붙였다나 뭐라나 해서 모모네 학교 교장선생님을 만났지 뭐야."

"동안이면 안 되는 거 아냐? 엄마 역할이면 나이 들어 보여야 하잖아."

"아냐, 그렇지 않아. 동안이라 어른인데도 중학생처럼 보이는 사람이 있잖아? 그런 거면 동안인 타마키는 어른이 돼도 중학생처럼 보일 테니까. 그러니까 중학생이면서 어른인 척할 수 있는 거야."

"그럼 있지, 호시노를 의심하는 건 아닌데, 강간해서 전에 다니던 중학교에서 퇴학당했다는 건 사실이야? 초등학교 때까지 엄마가 빨아줬다는 건 사실이야?"

"둘 다 부분적으로는 사실일 거야. 미쓰루한테 당했다는 여자애는 타마키도 만난 적 있고, 아마 그날 타마키도 방에 있었을 거야. 아무것도 모르는 미쓰루가 목욕하고 나와서 셋째손가락처럼 선 그걸 이상하다는 표정으로 붙들고 물기를 닦아달라며 타마키한테 온 적도 몇 번 있고 말이야."

뒤죽박죽인 사람이라고 생각했다. 이 사람은 너무나도 솔직한 사람 같은데 호시노의 껍데기를 모조리 부수면 이런, 껍데기를 벗긴 새우처럼 말랑한 인격이 나오나 하고 묘하게 생각했다. 두 사람의 눈이 고요히 마주쳤다.

"있지, 모모네 집안 사정이 복잡하다는 거 사실이야?"

"어떻게 알아?" 모모는 눈을 조금 크게 떴다가 놀랄 이유를 하나 더 발견했다. "호시노한테도 말한 적 없는데."

"미쓰루가 가족 관련해서는 모모한테 묻지 말라고 했거든. 미쓰루가 그런 거 잘 알아차리는 거 모모도 알잖아?"

물 흐르듯 자연스럽게 응, 알아, 하고 고개를 끄덕이자, 호시노의 누나가 "복잡해?" 하고 재차 묻기에 모모는 고민하며 대답했다.

"으음, 그렇게 복잡한 건 아닐 것 같은데. 하지만 이름이 똑같은 형제가 둘 있는 것 정도는 복잡할지도. 남동생이랑 의붓오빠가 둘 다 '류'거든, 한자는 다르지만. 그렇지만 엄마랑 새아버지는 그것마저도 기적적으로 같은 걸 갖고 있었단 식으로, 운명적으로 생각하고 싶어 해서."

"그래? 타마키도 만만치 않은데."

"타마키 언니도?"

"타마키라고 부르지 마." 호시노의 누나가 입술을 삐죽 내밀더니 "산타"라고 짤막히 답했다.

"산타?"

"산타라고 불리거든. 엄마 결혼 전 성이 산도라서 산도 타마키, 줄여서 산타."

무기를 들지 않은 사람 앞에서는 방탄조끼를 입을 필요가 없으니, 모모와 산타의 대화는 필연적으로 둥글고 폭신한 롤빵을 순서대로 건네는 듯한 형식으로 귀결되었다.

벚나무 앞에서 어린 산타가 호시노를 안고 있는 사진을

본 모모는 "있지" 하고 우스운 이야기처럼 말했다.

"벚꽃이라든지 수국이라든지, 평범한 가족은 꽃구경을 하러 가잖아? 그런데 난 봄 시즌 한정 패키지 맥주 캔에 인쇄된 벚꽃 그림, 꽃잎이 날리는 그거, 그런 것밖에 본 적이 없지 뭐야."

"타마키 방 창문 앞에 벚나무가 있어. 3층 방이니까 꽃송이가 잔뜩 달린 부분이랑 같은 높이거든. 봄에는 베란다에 벚꽃 꽃잎이 양탄자처럼 깔려."

눈앞에서 생글생글 웃으며 이야기하는 여자애의 이름을 부르려다가 산타라고 부르는 것도 꺼려져 산타 씨, 하고 중얼중얼 연습하자 머릿속에서 새빨간 산타클로스가 손을 흔들었다. 모모는 오른발, 왼발, 하고 조심조심 발을 내디디듯 산타, 언니, 하고 소리 내서 불렀다.

"저기, 이런 이야기……." 모모는 비밀을 털어놓듯 말하기 시작했다. "지금 처음 하는 건데, 엄마가 집에 오질 않으니 너무 배고파서 엄마의 먼지투성이 요리책 사진을 핥은 적도 있어. 아니, 한 장 찢어서 먹기도 했어. 그런 좀 매끌매끌하고 두꺼운 종이는 도화지 같은 거보다 몇십 배는 맛있거든. 집 쓰레기통을 뒤져서 식빵 봉지를 입에 이렇게 대고 공

60

기를 한껏 들이마셔서 배고픔을 달랬어. 질식할 뻔해서 기절한 적도 있었어."

모모는 두 팔을 살짝 굽혀 얼굴을 가리고 입을 막았다. 그 상태로 산타를 쳐다봤다.

"물이 없을 땐 말이지, 로션을 마셨어. 아, 수도가 끊겼거든. 스킨이 더 물에 가까우니까 보통은 그쪽을 마실 것 같잖아? 하지만 스킨은 엄청 써서 도무지 마실 게 못 돼. 그리고 디즈니랜드에서 엄마 비위를 맞추려고 엄마 남친이 사 온 손전등이 있었는데, 불빛이 프린세스 무늬였어. 그걸 밤에 켜고 그게 별이라고 생각했어. 왜 그런 착각을 했는지 모르지만 위에서 빛나는 걸 '별'이라 한다고 생각했지 뭐야. 재미있는 게, 어린애는 '밤하늘엔 별님이 있답니다' 하고 유치원에서나 엄마한테 배우게 마련이잖아? 그런데 난 그런 게 전혀 없었으니까 별이 뭔지조차 몰랐던 거야. 참고로 초등학교 이학년 때 처음 가위바위보를 알고 삼학년 때 알프스 1만 척(일본의 어린이 놀이 노래)을 알았답니다. 너무하지 않아?"

"너무하네." 산타의 머리카락 한 줌이 어깨 너머에서 이쪽으로 훌쩍 넘어왔다.

"그렇지만 행복이란 게 꼭 어딘가에는 있을 거잖아? 행복이니 사랑이니 하는 노래가 그렇게 지긋지긋하게 많은데."

모모는 그렇게 말한 뒤 "사랑하……는……" 하고 흥얼댔다.

"엄마가 텔레비전 리모컨이라든지 난방기 리모컨을 감추지 않았어?" 산타가 물었다.

"맨날 감췄어."

"그런 걸 거야. 행복도 아마 엄마가 여느 때처럼 감춘 거야. 아니면 버렸거나."

산타가 들고 있던 휴대전화가 양탄자에 떨어졌다. 집어 확인했는데 흠집은 나지 않은 듯했다.

"지금은 그냥 실수로 떨어뜨린 거고, 모모는 다른 사람의 관심을 끌고 싶어서 뭔가 떨어뜨린 적 없어?" 산타는 휴대전화에 원래 있던 흠집을 손으로 쓸며 말했다.

"있어. 언젠가 전철에서 떨어뜨렸더니 다들 걱정스레 쳐다봐줘서 전철에서 폰 떨어뜨리는 게 버릇이 된 적 있어."

"어쩌지, 너무 잘 알겠네. 진짜 그런 거 있지."

두 사람은 몸을 꺾으며 웃었다. 세상 사람들은 이해하지 못해도 모모가 '있다'라 말하고 산타가 그에 '있다' 하고 동조하면 그건 역시 '있을 수 있는 일'이었다.

"모모는 미쓰루를 만나기 전에 대여섯 명 사귄 적이 있는데 하나같이 사흘 만에 헤어졌다며?" 산타는 입가에 웃음을 남긴 채 물었다.

"맞아."

"5 곱하기 3 해서 15일?"

"응."

"그럼 역시 모모랑 타마키는 닮았네. 타마키뿐이었거든, 급식 먹을 때 젓가락이 떨어져도 젓가락을 씻으러 가지 않고 그냥 먹는 애. 타마키 걸레만 늘 좀 이상했어. 그때 다른 애들은 다들 순수한 어린애 눈이었는데 타마키만 기분 나쁠 정도로 눈빛이 무서웠어."

이 순간, 모모와 산타는 스스로를 불행하다, 불행하다, 하고 깎아내림으로써 세계가 그들을 두고 상승하는 것을 막고 있었다. 그들은 다른 이들이 올라가는 게 아니라 자신들이 계속 가라앉는 것이라 믿고 싶었다. 버림받는 것보다 능동적으로 불행에 뛰어드는 편이 훨씬, 훨씬 나았다. 그렇기에 어디까지나, 절망의 그 쌉쌀한 맛이 참 중독성 있단 말이지, 같은 식으로 말했다.

"타마키는 친한 여자애가 없지만 이렇게 모모랑 이야기하게 돼서 다행이야. 타마키 같은 애는 역시 기적적으로, 남동생이나 오빠나 아는 남자를 통해서 이런 식으로 만나는 방법밖에 없을 거야. 만난 지 얼마 안 됐지만 타마키, 모모랑 같이 있으면 안심되는걸. 그렇잖아, 타마키랑 모모는 절대로 행복해질 수 없잖아? 그거 확정 사항이잖아?"

"그러게." 모모는 대답했다.

무서운 표정을 지을 생각은 없었는데, 산타가 "모모, 그렇게 무서운 표정 지을 거 없어"라고 말했다. "타마키, 진짜로 남한테 상처 주겠다고 생각한 적 한 번도 없거든. 있지, 의도하지 않아도 입에서 말이 막 나와. 별말 아니니까, 작은 말이니까, 그러니까 이렇게 쉽사리 나올 수 있는 건데, 응, 큰 건 입에 걸리니까. 그런데 그것 때문에 미움받은 적이 많아."

산타는 모모와 마찬가지로 일단 뭔가에 몸을 맡길 필요가 있었을 것이다. 손이 크지 않아 피아노를 포기했고 손톱이 길지 않아 매니큐어를 포기했다. 그런 작은 손으로 뭔가를 잡아야 했고 뭐든 상관없었기에 연애가 적당했을 것이다.

산타는 초등학생 때 남학생을 쫓아다니며 쉬는 시간을 보냈다고 했다. 중학생 때도 마찬가지로 자신을 에워싸는 촌스러운 남학생들과 있는 힘껏 즐기며 시간을 보냈다. 산타는 학교에서 가장 미움받는, 얼굴이 여드름으로 뒤덮인 남학생과 장차 서로 동정과 처녀로 남는다면 섹스하기로 약속했다. 하지만 고등학교 일학년 때 스무 살 연상인 엔지니어와 잠으로써 산타는 처녀가 아니게 된 탓에 약속은 무효가 되었다. 그 이야기를 들은 모모는 역시 이 사람은 호시노의 누나구나 싶어 웃고 말았다.

산타의 이야기를 듣다 보니, 산타가 모모와 마찬가지로 살아가는 수단으로 연애를 선택한 사람이라는 것과 '그럴 리 없다. 세상에 더 나은 무기가 있을 것이다' 하고 생각해 수없이 시행착오를 거듭했지만 결국 연애가 손에 들었을 때 가장 착 감기는 무기였던 인간이라는 것을 알 수 있었다.

똑같이 연애라는 수단을 택했다는 점에서 모모는 산타에게, 예를 들면 RPG 게임에서 초기 장비가 동일했던 사람에게 느낄 법한 묘한 친근감 같은 것을 느꼈다. 다만 두 사람이 사용하는, 적을 방심하게 하는 핫핑크색 무기는, 똑같이 연애라는 큰 범주에 속해도 그 범주 내에서는 그야말로 산타클로스와 복숭아처럼 전혀 다른 개념이었다.

연애라는 시합장에서 모모는 언제나 경계를 아슬아슬하

게 지키며 편하게 살았지만, 넘으면 안 되는 선을 알고 있었기에 실수한 적은 없었다. 그래도 산타처럼 무지한 탓에 선을 훌쩍 뛰어넘어도 그 모습이 너무나도 아름답고 사랑스럽기에 용서되는, 그런 인간이 진심으로 부러웠다.

"임의의 남자한테 '우리는 연인이기 이전에 두 명의 인간이잖아'란 말을 들을 때마다 늘 생각하거든. '타마키랑 그쪽은 각각 한 명의 인간이기 이전에 두 명의 연인이잖아?' 하고. 그건 모모도 마찬가지 아냐? 마음도 몸도 늘 누군가를 필요로 하니까. 이랑 혀로 칸막이처럼 지탱해주지 않으면 타마키가 곤란하단 말이야."

산타는 서슴없이 그렇게 말했다. 혼자서는 살지 못한다고 선언할 수 있는 강한 정신은 홀로 어디까지고 걸어갈 수 있는 강함이기도 했다. 산타는 배를 드러내는 크롭 티에 반바지 차림이었다. 모모는 그 사이로 보이는 길쭉한 배꼽과 시선을 주고받고 있었다. 산타의 강렬한 색채에 모모는 저도 모르게 배꼽에 꽉 찬 모래를 씹는 기분이 들었다. 까끌까끌 디핀다트 같은 애처로움을 혀로 굴렸다.

"타마키는 '연애의 신'의 조카거든."

"왜?"

"옛날에 자주 같이 놀던 남자애가 그러더라고."

모모는 흐늘흐늘 웃었다. 이 사람이 호시노의 누나라는 사실은 이미 오래전에 잊었다. 저 자신에 대해 고민하느라 잠 못 이루는 밤은 하루도 없을 듯한 이 여자애가 좋았다.

모모는 생각했다. 나도 이 세상에 닿아 있고 싶으니까, 이 세상의, 가령 호시노라든지 아니면 다른 사람이라든지 모두, 모두 흡수한 나로서 미래의 나를 만나고 싶었다. 모든 마이너스적인 것으로부터의 wanted wanted이자, 모든 플러스적인 것에의 want want. 온갖 것이 부족한 자신이 온갖 것을 보충하면 완벽해질 수 있을 것 같았다.

고등학교 일학년 봄방학이었다. 머리를 자른 지 한 달밖에 안 되었지만, 이날은 되도록 자신의 촉감이 좋으면 좋겠어서 호시노를 만나는 날 아침 일찍 미장원에 갔다. 비를 듬뿍 머금었을 것 같은 스펀지의, 거짓말처럼 회색으로 흐린 하늘이라, 모모는 동글동글하게 부푼 우울함을 무릎에 폭 싸안고 머리를 커트하는 동안 창밖을 바라봤다. 내달에 독립해 자기 가게를 낼 예정이라고 지난달에 말했던, 단발에 여기저기 타투를 한 미용사가 여태 있었다. 영어는 못하지

만 반년 뒤 외국으로 가 미용사로 일할 생각이라며 그쪽에
서는 얼마든지 일자리가 있다고 모모의 곱슬머리를 펴주며
말했던 미용사가 일 년 뒤에도 아직 있던 게 기억났다. 자신
도 이런 식으로 당연하게, 자연스레, 계속 있고 싶었다. 비
가 오기 시작했다.

　모모의 집 근처에 있는 '구세군'이라는 이름의 약국에서
호시노를 만나기로 했다. 늘 셔터가 내려져 있는 약국 간판
의 '구세군' 중 '세'가 지워질락 말락 한 상태였다. 완전히
닫힌 셔터 앞에 얼마간 주저앉아 있자 호시노가 자전거를
타고 왔다. '혼잉신고서'를 제출하는 것만으로는 결혼할 수
없는 모양이라고 호시노가 말해서, 호적등본을 떼러 가기로
약속했다. 두 사람에게 부족한 것은 호적등본뿐이라, 호적
등본을 더하면 결혼이 완성된다. 어느 날 잠에서 깨니 웨딩
드레스를 입고 결혼식장에 있더라, 하는 것 같은 의미 불명
의 느낌이 그곳에 있었다.

　항상 어느 한쪽이 교복이나 연습복 차림이었던 터라, 오
늘처럼 두 사람 다 사복을 입은 것은 흔치 않은 일이다 보
니 쑥스러웠다. 두 사람이 입은 옷의 무늬를 합치면 약 열
종류나 된다고 농담하며 웃었다. 힘없는 비가 내려서 모모

는 호시노의 무늬 하나를 넘겨받았다.

"어디 가는데?"

"시청."

"시청에 둘이서 한 자전거를 타고 가도 돼?"

"파출소가 아니니까 괜찮지 않을까."

"진짜?"

"뭐라 그러면 내리면 돼. 게다가 어차피 시청 앞 비탈을 올라가려면 둘이 같이 못 탈 거고."

시청 두 곳을 돌며 호적등본을 뗀 뒤, 이제 어디로 갈지 의논했다.

"나 돈 없어."

"난 아까 찻집에서 쓴 걸로 끝이야."

결국 호시노가 깔아놓은, 곡명을 알려주는 앱을 이용해 중고 옷 가게를 돌며 여기저기에서 들려오는 음악을 훔쳤다. 도망치듯 가게에서 나와 둘은 한 자전거를 타고 사람 많은 길을 지나가다, 사람이 하도 많아 모모는 자전거에서 뛰어내려 나란히 뛰었다. 그 모든 풍경이 빗방울과 웃음에 싸여 있었다.

재작년 부원끼리의 연애가 금지된 동아리에서 연애를 했

더니, 남친만 지도교사에게 불려가 '헤어질지 다음 시합 출전을 포기할지 선택해'라고 협박받았던 기억이 났다. 그 뒤 집에 가는 길에 우연히 100엔 숍에 들렀다가 발견한 평범한 검정 노트에 지도교사의 성은 남친이, 이름은 모모가 썼을 때처럼, 모든 장애물을 부수며 달려가는 기분이었다.

호시노는 새카만 콘돔을 자주 썼다. 일그러진 마리오의 킬러(일본 게임 〈마리오〉 시리즈에 등장하는 캐릭터) 같아서 모모는 늘 "어디서 산 거야?"라며 키득키득 웃었다. 호시노는 이 검정 콘돔을 쓰기로 한 날을 기분에 따라서가 아니라 머리로 정한다는 느낌이 들었다. 호시노의 생각은 늘 읽기 쉽지 않다 보니, 호시노가 명백히 자신을 웃기려 한다는 것은 일기장이 때로 재판의 증거물이 되듯 모모가 사랑받고 있다는 유력한 증거 같았다. 그렇기에 호시노가 검은 콘돔을 쓰면 모모는 늘, 나는 사랑받고 있구나 싶어 기뻤다. 예를 들어 값비싼 선물이 애정의 증거라고 생각하는 여자애가 좋아하는 남자가 준 선물을 빠짐없이 외우고 있듯, 모모는 검은 콘돔을 썼던 호시노를 어떤 형태로든 기억할 수 있었다.

둘은 함께 목욕했다. 언제나 모모가 먼저 씻고 욕조에 몸을 담그면 호시노가 나중에 들어왔다. 모모의 유방은 목욕물에 뜨지 않았지만, 호시노의 고추는 물속에서 둥둥 떴다. 안개 낀 기억처럼 주위에 김이 서렸다.

호시노의 집에서는 샤워를 먼저 하지 않은 채 욕조에 몸을 담그는 것은 금지였고, 모모의 집에는 일체형 욕조가 있었다. 호시노의 산타클로스는 누나였고, 모모의 산타클로스는 아버지였다. 아아, 우리 좋은 부부가 될 수 있겠네. 물에 젖은 호시노의 어깨를 모모는 톡, 쳤다.

로터를 질에서 꺼낼 수 없게 되면서 매끄럽게 흐르던 시간이 로터에 걸려 지그재그 비뚤게 흘러갔다. 모모는 이건 호시노의 과실이라 판단했고, 호시노는 모모의 과실이라고 주장했다. 그러는 동안에도 질 속에서 로터는 계속 진동했고, 상공에서는 호시노와 모모가 추락하는 비행기의 파일럿들처럼 냉정한 대화를 주고받았다.

"불 켜도 돼?" 호시노가 물었다.

"절대로 안 돼."

"으음, 끈 같은 게 달려 있었으면 좋았을 텐데."

호시노가 엄지와 검지를 새 부리처럼 만들어 로터를 끄

집어내려는 행위는 상당한 혐오감이 따르는 것이라 모모는 "그만 됐어"라며 호시노를 밀어냈다.

"되긴 뭐가 돼."

"이거 진동 언제까지 하는 거더라?"

"몰라. 하지만 충전 많이 안 했으니까 오 분은 안 걸릴 거야."

"아, 리모컨은?"

"어디 있는지 몰라. 늘 본체로 작동했거든."

모모는 일단 상의를 입었다. 그 모습을 보고 티셔츠를 집어 든 호시노의 손을 막으며 "호시노는 옷 입지 마"라고 말했다.

"뭐? 왜?"

"치사하잖아. 싫어. 꼭 알몸으로 있어."

호시노를 침대에서 밀어내고 뒤로 돌아앉게 한 뒤 손만 잡았다. 모모는 이불로 몸을 폭 감싼 자세로 고군분투했다.

"어때, 되겠어?"

"손은 닿는데 잡히지 않아."

고무로 만든 분홍색의 둥근 로터는 따로 잡을 부분이 없어서 기를 쓰고 꺼내려 해도 점점 속으로 들어가기만 했다.

해가 질 무렵이라 닫은 커튼 사이로 비쳐드는 빛도 점점 사라져갔다. 그 탓에 로터 구출은 촉각에만 의지할 수밖에 없었다.

"몸을 세우는 게 낫지 않을까? 점프를 해본다든지."

어느새 커튼 틈새로 비쳐드는 빛은 주황색에서 쪽빛으로 바뀌어 있었다. 선 채로 이야기하다 보니 얼마 있다가 로터의 진동이 멈추었다. 호시노의 셋째손가락도 다 말랐다. 기분이 이완되자 하반신 근육의 긴장이 풀렸는지 손가락으로 로터를 빼낼 수 있었다. 분홍색이었을 로터는 허연 점액이 묻어 갓난아기 같은 색이었다.

호시노는 걱정스러운 표정을 거둬들이고 말했다.

"다행이다. 나 곤자키랑 놀기로 약속했거든."

"곤자키?" 모모는 눈살을 찌푸렸다. "친하게 지내지 말라고 할 생각은 없지만 나 만난 다음 약속하지 마. 어쨌거나 호시노랑 곤자키는 조합도 이상하고."

곤자키는 모모와 같은 테니스부 남학생인데 모모는 전부터 그가 마음에 들지 않았다. 그 '마음에 들지 않는다'를 다시 정확한 해상도로 바꿔보면, 호시노가 전학 오기 전 '그런 분위기'가 되어 모모와 아주 잠깐 사귄 적이 있는 남자라는 뜻이었다. 당시 우연히 자리 배치가 그래서 쉬는 시간마다 옆자리 남학생 주위에 같은 그룹 애들이 모두 모여들곤 했는데, 모모와 곤자키가 사귄 다음 날부터 그 그룹과 전혀 관계가 없는 곤자키가 쉬는 시간마다 모모 옆자리의 남학생 그룹에 끼기 시작해 그 옆자리에서 친한 여자애들과 이야기하는 모모를 힐끔힐끔 곁눈질한 것과 모모 옆자리 남학생들이 귀찮아하기 시작한 것 등이 모두 합쳐져, 동글동글 뭉쳐져, 눈덩이처럼 비대해져, 두 사람 사이로 데굴데굴 굴러가, 결국 두 사람 사이에 금이 갔다.

최근 호시노는 곤자키와 이야기할 기회가 있었는데, 그 뒤로 곤자키를 마음에 들어 하면서 자기 그룹에 곤자키를 끌어들였다. 친구들에게 모모를 소개하지도 않고 사귄다는 이야기도 하지 않으면서, 곤자키를 '좀 재밌는 녀석인데'라며 소개하는 것은 잘못되었다는 생각이 들었다. 조금 호감을 가진 정도의 동성 친구를, 자신의 문을 열고 안으로 초대하는 것 같은 일도 위기감이 없는 게 어쩐지 답답하게 느껴졌다. 애초에 호시노는 제 마음의 문을 단단히, 꽉 닫아두기로 한 사람이고, 그 문이 절대로 열리지 않도록 알기 쉬운 곳에 설치한 가짜 문을 활짝 열어두는 수단을 취하는 인간이다. 분명 그럴 터였다. 그런데……. 모모는 호시노를 노려봤다.

"그렇지만 난 그 녀석이 꽤 좋은데."

"아니, 그게, 이런 작은 고등학교에서 운명적인 친구를 만날 수 있을 리 없으니까 이상하잖아, 좋아하는 친구라니."

"그럼 우리는 뭔데? 모모는 운명이니 필연 같은 말 좋아하잖아." 호시노는 살짝 웃었다. 열받는 웃음이었다. 열받아서 모모의 노여움은 더욱 커졌다.

"게다가, 곤자키랑 노는 거 취소 안 해도 되어 다행이라니 이상하잖아. 걱정하려면 내 몸을 걱정해야 하는 거 아냐? 호시노가 쓰자고 한 거잖아."

"그건 미안하지만, 난 알바해서 돈은 좀 있으니까 병원에 가는 것도 생각했다고."

"알바?"

"동아리에도 거의 안 가니까 할 일이 별로 없거든."

"그게 아니라 호시노를 써주는 데가 있어?"

"응. 뭐, 동네 작은 가게라서. 가게에 있는 메모지에 이름이랑 전화번호 쓰면 합격이야. 알바비도 현금으로 주고."

"호시노가 알바를 한다고?" 모모는 다시 한번 말했다. "그런 말 없었잖아."

"어쩌다 보니까 말할 기회가 없었을 뿐이야."

모모는 자기 몸에 불안과 질투심으로 줄무늬가 죽죽 그어지는 것을 알 수 있었다. 애초에 모모는 호시노의 모든 것에 대해 빠짐없이, 순수하게 연애적 의미만으로 질투를 느꼈다. 모모의 사랑은 오로지 불안과 질투만이 재료였다. 예를 들어 모모가 싫어하는 호시노의 과거도, 모모가 아주 좋아하는 호시노의 과거도, 그 모든 것이 호시노를 만들었으니 똑같이 사랑스럽다고는 도저히 생각할 수 없었다.

모모는 자기 인생의 등장인물이 자신의 머리 밖으로, 그러니까 상상의 범위를 벗어나는 것이 무척 겁났다. 꼭 그들이 자기를 버리고 탈주하는 것처럼 느껴졌다. 하지만 그건 호시노의 전부를 알고 싶다는 것과는 전혀 다른 의미였는데, 그런데도 이런 식으로 생각할 수밖에 없는 이유는 '내 사랑은 불안과 질투를 졸인 것이라서'라는 것은 역시 싫고, 그러니까 역시, 하고 모모는 생각했다. 다음 생에는 모든 인간을 한 명도 빠짐없이 좋아하게 될 수 있다면. 머릿속의 지름과 세상의 지름이 완벽하게 겹쳐진다면.

모모가 입을 열지 않자, 호시노가 사과하려는 건지 가사를 멋대로 고쳐 노래를 부르기 시작했다. 그게 하도 재미있어서, 노래에 같은 반 학생들의 이름이 나올 때마다 모모는 배를 잡고 웃었다. 미야노는……, 아하하, 곤자키와……, 아하하하, 시마다의, 꺄하하. 호시노의 용맹한 모습을 그대로 교실에 투사해 반 애들 모두가 웃는 장면을 상상하자, 좌심실에서 방금 태어난 홍냐홍냐, 하는 소리가 사방으로 날아가기 시작했다.

홍냐홍냐. 인생은 즐거워. 하지만 힘든 사람도 있지. 그럼 마리오의 1-1을 영원히 살라고 한다면 이 세상에 자살하는 사람이 몇 명이나 될까. 홍냐홍냐, 나를 노래하는 곡은 이 세상에 없어. 나를 쓴 소설도 내가 테마인 영화도 하나도 없어. 하지만 이글이글, 믿는 게 버릇이 됐어. 홍냐, 똑바로 가고 싶어. 똑바로가 뭐냐면 꺾어지고 싶은 네거리에서 전부 꺾어지고 헤매고 싶은 길에서 전부 헤매고, 그렇게 찾아낸 스트레인지 드림 빌리버 모두와 사랑에 빠지는 건데. 이글, 제발 나를 방해하지 마. 한 번 더! 방해하지, 마. 숨 쉬는 건 언제든 아깝지 않아. 하지만 숨 쉬는 것도 아까울 정도의 설렘과 홍냐홍냐로 범벅이 된 시간을 언제든 원해.

모모의 스트레인지 드림 빌리버는, 모모를 현실로 다시

불러오듯 여느 때처럼 후헤헤헤헤, 하고 끈적거리게 웃었다. 호시노를 향해 로터를 던졌다, 맞았다, 떨어졌다, 두 사람의 성性에 금은 가지 않았다.

호시노는 간헐적으로 학교에 오지 않기 시작했다. 고등학교 이학년 봄경에는 일주일에 한 번, 그러더니 곧 일주일에 두 번, 3반 창가 맨 앞자리를 비웠다. 호시노는 가을이 오기까지 간단히, 자연스럽게, 수많은 기존의 수식어에 '학교를 자주 땡땡이치는 녀석'을 찰싹 덧붙였다.

처음에는 호시노가 학교를 빠질 때마다 호시노와 친했던 남학생들은 '또 호시노가 안 왔군' 하고 장난꾸러기 아이를 자랑스러워하는 어머니처럼 호시노를 언급했으나, 일주일에 두 번 결석하다가 일주일에 두 번 출석하기에 이르자 호시노가 어쩌다가 학교에 오면 "호시노, 오랜만이다" 하고 서먹하게 인사하는 데 그치게 되었다.

모모는 문과였고 호시노는 이과여서 고등학교 이학년이 되자 반도 달라졌다. 초기에는 호시노 쪽에서 '오늘 쉰다' 하고 연락했는데, 중기가 되자 모모 쪽에서 '오늘은 와?' 하고 묻더니, 후기에는 이과 반 건물을 지날 때 3반 교실을 흘깃 확인할 뿐, 말기에는 호시노와 반이 같은 친구에게 물을 때도 있었지만 묻지 않을 때가 더 많았다.

지금 생각하면 호시노는 고등학교 생활에서 화려하게 탈주한 것 같다. 언뜻 보면 수수하지만 준비 기간이 길고 자신의 위엄을 손상하지 않는, 아주 호시노다운 도망이었다. 모모로 말하자면, 한 번도 호시노를 되찾겠다고 분투하지 않았다. 그건 자전거 탈 때 처음에만 도움받는 것 같은 일이라, "잡고 있지?" "응, 잡고 있어" "꼭 잡고 있어야 해" "응, 잡고 있어"를 반복하는 사이에 자신도 의도하지 않은 채 혼자서, 아직 위태위태하기는 해도, 그래도 자전거를 탈 수 있게 되는 것 같은 일이었다. '호시노, 내일 학교 와?' '응.' '다음 주 화요일은?' '가…….'

호시노의 누나, 산타와는 연락을 계속 주고받았지만, 그건 호시노의 동향을 살핀다기보다 어느새 친해진 두 사람이 각자 정기적으로 자기 이야기를 하기 위해서였다.

겨울이 찾아왔다. 모모는 호시노가 왔는지 아닌지 오늘도 묻지 않았다. 호시노의 출석 유무보다 테니스 라켓을 어떻게 하면 손 시리지 않게 꽉 쥘 수 있는지가 훨씬, 훨씬 중요했다.

모모는 동아리를 마치고 학교 근처 편의점의 쓰레기통 앞에서 휴대전화를 보고 있었다. 편의점은 조금 전까지 옆에 있던 다수의 인간을 단번에 빨아들여 모모를 혼자로 만들었다. 테니스를 친 직후라 몸이 뜨겁고 부어 이마가 볼록 부푼 것 같았다.

'모모, 어디 있어? 만나자. 요즘 미쓰루가 어떤지 이야기해도 되고.'

동아리가 끝나고 편의점에서 군것질하는 중이라고 답신을 보내자, 그곳에서 집이 멀지 않은 산타는 지금 갈 테니 기다리라고 답장했다.

밤의 편의점에서 모모를 제외한 테니스부 여자 부원들이 각각 먹고 싶은 것들을 사 들고 나왔다.

"모모는 말랐으니까 진짜 다이어트 같은 거 안 해도 되잖아." 130엔짜리 고기 찐빵을 베어 무는 아이가 말했다.

"아니, 우리가 다이어트하란 이야기라니까." 옆에 있던 150엔짜리 점보 치즈 찐빵이 말했다.

"그보다 아까 말한 테니스 웨어는 어쩔래?" 고기 찐빵이 말했다.

"선배도 내내 같은 옷을 입었고 보통은 새로 사지 않잖아." 모모는 말했다. 혼자만 입속에 아무것도 없으니 목소리가 또렷하고 차갑게 울렸다.

"그렇지만 지금 거 지겹다고." 110엔짜리 멜론 빵이 말했다.

모모는 머릿속으로 대충 계산해봤다. 테니스 웨어는 어처구니없을 만큼 값나가는 물건이었다. 그 값으로 군것질이 이백 번은 가능했다. 그 얇고 짧은 천이 그렇게 비싸다는 게 믿기지 않았다. 테니스 웨어를 뭉쳐 그러쥐면 손안에 쏙 들어왔다. 모모는 그 장면을 상상하며 주먹을 쥐었다.

"난 지금 거 꽤 좋아하는데." 160엔짜리 슈크림이 말했다.

슈크림은 모모에게 포장지에 싼 슈크림을 내밀며 "좀 먹어" 했다. 모모는 한 입 먹고 "고마워, 싸랑해"라고 말했다.

"테니스 웨어, 어쩔까."

"응, 너희한테 맞출게."

"나도."

"아!" 모모는 한 박자 뜸을 들였다. "그러고 보니까 저번에 다른 학교 남자애가 그 노란 웨어 입은 여자는 다 귀엽다고 하더라고. 기껏 그 웨어 덕에 그런 말 들었는데 내가 남친 생길 때까지 새로 사는 거 기다려줘."

팡, 웃음이 터지며 "평생 안 생기면 어쩌려고?" 하는 농담을 포함해 이야기는 둥실둥실, 둥실둥실 밤으로 흘러갔다.

필요도 없는데 새로 사려는 테니스 웨어나 편의점이며 스타벅스에서 빈번히 하는 군것질. 이런 것이 다섯 명에게 당연한 일이라고 생각하면, 모모는 큰 불행을 한꺼번에 겪는 인간이 너무나도 부러웠다. 다른 애들의 이런 '당연'에 모모는 끼지 못한다는 것. 하나하나의 작은 불행이 인생의 어느 부분을 돌이켜봐도 빽빽이 박혀 있어 가시처럼 마음을 찔렀다.

마지막으로 계산한 아이가 크로켓을 들고 편의점에서 나와, 다 함께 역 방향으로 걷기 시작했다.

"모모는 안 가?" 슈크림에서 삐져나온 크림을 입술로 막으며 슈크림이 물었다.

"지난번에 말했잖아, 친구 언니."

"아, 걔."

"누구?"

"어, 누구랬더라?"

"왜, 저번에 모모가 이야기한, 모모한테 가끔 시비 건다는 불량한 애 아냐?" 사랑스러운 산타를 누가 폭력적으로 설명했다.

모모가 "바이바이"라 하자, 다른 애들도 저마다 "바이바이" 하고 답했다. 그들이 모두 지금부터 학원 자습실로 가리라는 것은 알고 있었다. 뒷모습의 수는 다섯 개가 틀림없었지만, 저 다섯 개의 뒷모습이 다니는 학원 수를 합치면 열둘에 이르렀다. 그 무의미함도 낭비도 올바름도 모두 모모를 흔들흔들 안심시켰다가 불안하게 했다가 했다.

날이 저물자 싸구려 무한 리필 식당 같은, 조금 전까지의 밤과는 전혀 다른, 더더욱 깊은 밤이 와 있었다. 왜냐하면 산타클로스 이즈 커밍 투 타운. 두꺼운 코트를 주체하지 못하며 산타가 다가왔다.

"했지 뭐야, 했지 뭐야." 달빛 아래서 산타가 제자리에서 발을 탁탁 두 번 구르며 말했다.

"누구랑?"

"저번에 말한 저기 대학 은발이랑."

"또?"

모모와 산타는 우스운 일도 없으면서 배를 잡고 웃었다. 기적처럼 불행이 연달아 일어났을 때 되레 웃음이 나는 순간과 매우 비슷했다. 얼굴을 찌푸린 자동차 헤드라이트가 스포트라이트처럼 두 사람을 비추었다. 시야를 가르듯 차 여러 대가 눈앞을 지났다.

여느 때처럼 그곳으로부터 가장 가까운 역에서 한 정거장 옆의 큰 역으로 향하는 이십 분 거리 산책로를 나란히 걷기 시작했다. 산타는 모모의 오른팔에 자기 왼팔을 걸고 모모에게 얼굴을 불쑥 들이대며 말했다.

"왠지 몰라도 이번엔 피가 많이 났어. 타마키는 거기가 전혀 튼튼하지 않거든. 모모랑 달리 머릿속 말고는 하나도 기분 좋지 않고. 요랑 개 옷이랑 피투성이였어. 아팠고, 아직도 아프고. 지금도 거기 느낌이 이상해. 하지만 참 이상하지, 어째 혹시 안 한 게 아닐까 싶을 정도야."

"그럼 혹시 안 한 거 아냐?"

"아니, 그게, 하긴 했어. 타마키한테서 계속, 한 거 맞아요 싶은 냄새가 나니까. 게다가 없어지질 않아, 전혀. 기분 나쁜 여운이 가시질 않아."

산타의 행동거지는 계속 이상했다. 옴찍거리나 싶으면 별안간 흠칫하기도 하고 몸을 떨기도 하고, 마치 지금 이 한밤과 자고 있는 게 아닐까 싶을 정도였다. 산타의 볼은 목욕하고 막 나온 것처럼 상기되어 있었고, 솜털 하나하나가 보드라운 빛을 받아 마치 복숭아 같았다.

"타마키, 어디서 뭔가 착각한 걸까? 그게 그렇거든, 눈이 크고 건강했으니까 초등학교, 중학교 지나면서 자기는 최강이라고 1밀리도 믿어 의심치 않았어. 연애는 반에서 인기 있는 애만 하는 거다 같은 생각이 머리를 스친 적이 한 번도 없었는데."

모모는 산타가 좋았다. 그건 반전이 있는 미스터리나 호러영화, 개그만화가 좋은 것과 같은 의미에서였다. 다시 말해 산타라는 인간은 모모에게 엔터테인먼트였다. 색깔 술래잡기를 한다 치면, 산타 옆에 계속 있으면 될 것처럼 다채롭게 살아가는 고급 엔터테인먼트였다.

모모와 산타의 성격은 산타 말대로 역시 비슷했다. 그건 아마 둘 다 왼쪽 가슴에 자리한 큰 구덩이 속에 있어야 하는 것을, 무한한 희망을 품고 찾기를 멈추지 않았기 때문일 것이다. 하지만 모모는 밥을 먹고 나면 이제 배가 고프지 않으니 먹고 싶지 않다고 주장하는 전쟁통의 어린애처럼 사랑을 거부하는 반면, 산타는 사랑이라면 모래든 진흙이든 닥치는 대로 먹어치웠다.

"그래서 말이지, 타마키는 예쁘지만, 그래도 연예인이 될 만큼 예쁘지는 않으니까, 그러니까 이렇게 살 수밖에 없을 것 같아, 오늘처럼, 이렇게 하면서."

산타는 목적어를 과하게 생략하다 보니 말이 뚝뚝 끊겼다. 모모는 섹스란 볼드모트라고 생각했다. 처음부터 생략되어 입에 오르지 않는다든지, '그분'이니 '그 사람'으로 불린다든지, 존재가 떠받들린다든지 헐뜯긴다든지.

"영화를 봤거든, 우주에서 조난당해서, 조난당할 때마다 남자니 천사니 남자한테 도움을 받아서, 그때마다 당연하게 답례로 섹스하는 게, 엄청 타마키 같아서 웃음이 났어. 하지만 그건 모모랑도 비슷하잖아?"

산타가 "모모는 걸레잖아. 기분 좋아질 수 있는 사람이잖아"라고 하는 바람에 모모는 저도 모르게 웃고 말았다. "그러니까 화폐를 쓰듯이 그걸 이용할 수 있는 사람 아냐? 그건 참 유능한 거야. 타마키는 아무리 해도, 그, 왜, 화장실에서 손 말리는 기계 정도밖에 못 되니까."

"얘는, 걸레도 아니고 그런 식으로 생각하지도 않아."

"그러게, 타마키도 딱히 아랫도리가 느슨한 건 아니니까. 철 팬티가 철탑으로 부서진 것뿐이지."

"산타는 당연히 그래. 게다가 이런 소리 듣고 싶지 않겠지만 나도 첫 상대는 호시노인걸, 재미없어."

모모는 그렇게 말하고 나서 호시노가 생각나, 아니, 눈앞에 있는 여자애가 호시노의 누나라는 사실이 생각나 "호시노, 요새 집에서 어때?" 하고 물었다.

"미쓰루는 이제 틀렸어. 알고 있겠지만 학교에 안 가는 것도 학교가 무섭다든지 그런 귀여운 이유에서가 아니라 학원 자습실에 틀어박혀서 그런 것뿐이거든. 엄마도 미쓰루는 머리가 좋으니까 학교 수업 진도랑 안 맞을 거라고, 남자애는 마음만 먹으면 얼마든지 할 수 있다고 그래."

"그래도 어쨌거나 고등학교는 졸업할 수 있나 봐. 걔는 똑똑하니까 그런 부분은 확실하게 계산한단 말이지. 지금처럼 일주일에 두 번, 가끔 일주일에 한 번 나오면 수업일수는 채울 수 있대. 중3이랑 고1 땐 개근했으니까."

"하지만 그러면 모모가 불쌍하잖아." 산타는 그렇게 말하더니 아, 맞다, 하듯 눈을 크게 떴다. "할 말이 있는데, 미쓰루랑 더 같이 있고 싶으면 걔랑 같은 학원에 다니는 거 어때? 문과니까 반은 다르겠지만. 그래도 자습실에서 옆자리에 앉는 건 가능해."

"그것도 좋겠지만 학원 다닐 돈 같은 거 없단 말이야. 우리 집에서 수입이 제일 많은 사람은 아무래도 새아버지인데, 의붓오빠랑 동생이랑 둘이 학원 다니면 여유가 없다는 건 내가 제일 잘 알아."

이런 이야기에 산타가 선뜻 대답하기 껄끄러울 것 같아 모모는 "어쨌거나" 하고 덧붙였다. "학원은 필요 없어. 앞으로 별로 공부할 필요도 없거든. 도쿄로 가서 자취하고 싶었는데, 엄마가 역시 허락해주지 않아서 산타랑 같은 대학에 가게 될 거 같아."

"와!" 산타는 손뼉을 쳤다. "하긴 여기서 다니려면 우리 학교밖에 없지. 하지만 거기, 여기서 거리가 좀 있으니까 다니려면 귀찮은데."

"응. 그러니까 대학 근처에서 하숙할 수 있으면 제일 좋지만, 아까도 말한 것처럼 우리 집엔 나한테 쓸 돈이 없어."

그 말에 산타는 웃음을 지었다.

"그럼 말이지, 미쓰란 사람이 있는데."

"미쓰루?"

"미쓰루가 아니라 미쓰. 타마키 친구인데 소개해줄 수도 있어. 누구 집에 얹혀사는 게 역시 제일 쉽거든. 게다가 아까 그거, 답례로 섹스하는 영화 말인데. 모모가 미쓰한테도 타마키처럼 그렇게 하면 돼. 미쓰는 좋은 사람이니까 분명히 기뻐할 거야."

크리스마스보다 사흘 먼저 나타난 덤벙꾼 산타클로스의 생각지도 못한 선물이었다. 모모가 무사히 대학에 입학하면 봄방학에라도 산타 친구를 소개받아야겠다고 생각했다.

역이 모습을 나타냈다. 거대한 크리스마스트리는 건물에 가려져 끄트머리만 살짝 보였다. 조금만 더 가면 전체가 보일 것이다. 저녁노을처럼 호시노가 페이드아웃 하고 내가 나로부터 출항해 이 어스름 속을 방황하는 오늘 이맘때다. 달랑 한 문장으로 모든 것을 역전하는 일은 불가능하니까 한 글자 한 글자를 한 번에 하나씩 옮기기로 하자. 하지만 호시노가 학교를 종종 빠지게 된 지 꽤 오래됐으니까, 행복의 꼬리를 발로 꽉 밟아 붙잡는 것은 이제 그렇게 어렵지 않을 것이다. 머지않은 미래에 어느 물가에 배를 댈 수 있으리라.

고등학교 삼학년 여름을 넘기자 호시노는 아예 학교에 발길을 끊어 마지막 체육대회에도, 심지어 졸업식에조차 오지 않았다. 그러면서 졸업식이 끝난 다음의 뒤풀이에는 태평하게 나타나, 테마파크의 마스코트처럼 호시노와 함께 사진을 찍으려는 아이들이 줄을 섰다. 모모에게는 지금까지 공부하지 않은 만큼 학교를 빠지더라도 학원에서 공부해야 한다고 핑계를 댔으면서, 반 아이들에게는 '아버지 일 때문에 사바나에 갔었다'고 몸짓을 곁들이며 이야기했다. "야, 등교 거부" 하고 누가 놀리자, "그렇게 초라한 게 아냐. 그보다 비非 등교라고 해줘"라며 키득키득 웃었다.

　모모는 그런 호시노를 보며 호시노는 모모를 위해서가 아니라 이것을 하려고 오늘 왔구나 생각했다. 자기가 아직 현역 시절처럼 화려하게 연기할 수 있다는 것을 그리고 앞으로도 그렇게 살아가리라는 것을 주위 사람들에게 그리고 자신에게 보여주기 위해 마지막 무대를 펼친 것이다. 초조함이 드러나는 노력에서 호시노의 위태로움이 엿보였다. 모모는 그것을 남 일처럼 구경했다.

　예를 들어 등산 중에 하마터면 목숨을 잃을 뻔한 순간 구명줄에 도움을 받았다고, 산에서 내려와 집에 가는 길에까지 몸에 구명줄을 계속 감는 사람은 없다. 그래도 그때 구명줄이 없었다면 그는 죽었을 테니, 그때는 그 구명줄만이 말 그대로 그의 구명줄이었던 셈이다.

구명줄을 단도직입으로 끊는다. 호시노가 이곳에서 멀리 떨어진 대학 의학부에 진학한다는 것은 모모와 호시노 사이의 거리에 금이 간다는 뜻이었다.

호시노가 고등학교를 그만두겠다고 했다면 모모는 호시노를 말렸을 테고 호시노에게도 생각하는 바가 있었겠지만, 대학 입학과 동시에 모모 쪽에서 멀어진다면 어쩔 수 없는 일이라고 생각했다. 산에서 내려오면 구명줄을 배낭에 넣는 것은 지극히 자연스러운 일이다.

호시노가 어머니의 오랜 소원대로 사립대학 의학부로 진학하면서 두 사람이 앞으로의 인생에서 관계를 계속 이어가리라는 확신은 거품이 되었다. 거품이 꺼질지 아닐지는 아직 알 수 없었지만 모모의 손안에 호시노의 미래가 없다는 것은 분명했다. 그렇기에 일본에서 보이는 달과 지구 반대편에서 보는 달이 같다고 할 수 없는 것처럼, 당신이 보는 밤하늘을 당신이 사랑하는 사람도 보고 있다 하는 일이 없는 것처럼, 모모 또한 새로운 장소에서 새로운 구명줄을 찾아야 했다.

고등학교 때 자세가 구부정하면 촌스럽다고 같은 반 친구와 수업 중 자세가 바른지 서로 체크해주곤 했다. 날 저무는 6교시 고문古文 수업 시간에 딩동 소리와 함께 '자세'라는 메시지가 휴대전화 상단에 올라오던 게 기억난다. 고등학교 교복을 벗고 중고 의류를 입기 시작했다. 구부정한 자세도 헌옷에는 잘 어울렸다. 그렇다면 달에 가면 여드름 수만큼 페트병에 든 생수를 받을 수 있을지도 모르고, 화성에 가면 어째선지 지구와 화성의 커뮤니케이션 능력이 반대라서, 응, 화성에서는 내가 쉽사리 잘 지낼 수 있을지도. 그렇다면 뜻밖에 죽게 됐을 때 직전에 스치는 주마등의 풍경 너머로 빨려들듯 타임슬립 할 수 있을지도 모른다. 그래, 언젠가 과거는 애정으로 대할 수 있는 것이 될지도 모른다.

호시노의 생일이 3월 21일이라는 것을 기억하고 있었다. 생일에 시청의 '축 결혼' 패널 앞에서 혼자 브이를 그리는 호시노의 모습이 인스타그램 스토리에 올라왔다. 모모의 계정이 바로 눈에 띄지는 않을 곳에 멘션으로 들어가 있었다. 그래서 그래, 자신과 호시노는 이제 진짜로 만날 일이 없구나 그리고 우리는 정말 결혼했구나, 하고 모모는 남 일처럼 생각했다.

호시노는 늘 무용담의 규모를 부풀리는 일에, 이야기가 더 재미있게 들리도록 안간힘을 쓰는 사람이었다. 그렇기에 이 행동은 모모와의 연애를 위해서라기보다, 그런 목적을 달성하기 위해서였을 것이다. 그렇지만 호시노의 이런 평소 모습을 보는 건 오랜만이었다. 그날부터 모모와 호시노는 아마도, 십중팔구, 부부가 되었다.

호시노와 떨어지게 되면서 투명한 XXS 사이즈 딜도를 사는 정도의 다정함이 모모에게는 있었다.

이런 것은 여자애 한 명당 하나라며 호시노가 준 분홍 로터를 모드 1로만 사용하는 성실함이 모모에게는 있었다. 완벽하게 익은 복숭아 같은 생활이었다. 대학에 가면 금세 무수한 남자를 만나게 될 것이다. 모모가 만나는 남자는 지구상에 존재하는 정자보다 훨씬 많을 것이다. 자신의 생활을, 아니, 전쟁조차 흐지부지할 것 같은 연애를 이번에도 하고 싶었다.

졸업 문집에 메시지를 적는 곳에 호시노가 크게 '아카네' 라 쓴 것을 기억했다. 모모는 곤도가 근처를 지날 때마다 자신이 곤도다, 귀여워라, 오늘도 진짜 귀여워, 하고 본인에게

들릴 정도로 수선 떤 것을 기억했다. 그때 모모 주위에는 즐거워 보이는 여자애들이 폭죽처럼 많이 있었다. 호시노는 점심시간에 반 아이의 휴대전화를 이용해 그 애인 척하고 아카네에게 메시지를 보냈다. 그때 호시노 주위에는 즐거워 보이는 남자애들이 아메바의 위족僞足처럼 많이 있었다.

모모와 호시노는 중고등학교 시절, 살아남기 위해 같은 방법을 시도했다. 그건 동물로서 종류가 같았다는 뜻이 아닐까, 그렇기에 두 사람은 동종의 생물 개체로서 함께 있었던 게 아닐까 생각했다. '미운 인간 새끼'는 이 세상에 두 마리 있었다. 모모에겐 사실 자신이 어떤 사람인지는 아무래도 상관없었고, 마지막까지 인간으로 남을 수 있을까, 되도록 인간답게 있을 수 있을까 같은 것만이 문제였다.

그렇다면 앞으로도 두 사람은 어디 다른 곳에서 같은 방법으로 살아남으려 할까, 하고 모모는 생각해봤다. 하지만 살아남기 위해 같은 방법을 시도하고 싶다 바라는 것만으로 같은 생물종으로 존재할 수 있는 것은 아니었다.

생각해야 할 문제는 회전하는 관람차에 가득이라 취사선택은 불가능했다. 머리는 언제나 모모타로가 들어 있던 복숭아처럼 깔끔하게 짝 쪼개질 듯했다.

하지만 역시, 하고 모모는 생각했다. 관람차라면 제일 꼭대기만 갖고 싶다. 동성 친구는 애초에 없고, 싫은 남자라면 고추만 갖고 싶고, 징그러운 남자라면 존재가 필요 없다. 가족은 싫고, 애인도 귀찮다. 가끔 자신에게 독 같은 것을 먹여보고 싶다. 줄리엣처럼 죽고 싶을지도. 그러니까 진짜로 지긋지긋해지는 것은 거의 모두, 거짓말이라고 해줘, say it ain't so……. say it ain't so…… say. it ain't so…….

*

"상대가 재미있는 인간인지 아닌지는……" 한 남자가 모모 앞을 가로막듯이 느릿느릿 나타났다. 남자가 멘 기타 케이스의 머리 부분도 남자의 거동에 맞춰 천천히 좌우로 흔들렸다. "눈을 보면 알 수 있다고 하는 친구가 있거든."

모모는 편의점에서 산 간식을 오른손에 든 채 고개를 갸웃했다. 무심코 멈춰 선 것은 남자의 외모와 달짝지근한 목소리가 너무나도 어울리지 않아서였다. 그 부자연스러움의 진창에 모모의 아디다스 욕실 슬리퍼가 붙들린 것이다.

십중팔구 170 후반일 키와 자랄 대로 자란 나머지 푸딩이라기보단 2색 아이스크림 바처럼 생긴 금색 장발, 을, 걷어 올리고, 난처하다는 듯 눈썹을 움직이고 검은자위가 큰 눈을 짜부라뜨리며, 그러면서도 눈 속의 강한 빛, 입술을 꾹 끌어모으며 남자는 "아아" 하고 사선으로 고개를 숙이더니 밤바람을 물어뜯듯 아취, 하고 오른발부터 뛰어올라 재채기를 했다. 남자는 재채기한 직후의 구겨진 얼굴 그대로 "으헉, 미안"이라며 짐짓 울상을 지어 보였다.

"산타 말 듣고 온 거야." 남자가 말했다.

"뭐라고 했는데?"

"'좌우지간 이 근처로 와라, 곤란해하는 친구가 있으니까' 라고. 무슨 일인데? 이 심야에, 이 편의점 주위에 있다는 건 같은 대학인 거지?"

모모도 산타에게 이 시간쯤 되도록 대충 입고 이 근처를 얼쩡거리고 있으라는 말밖에 듣지 못한 터라, 여기서부터는 일단 자력으로 남자의 집에 살 수 있도록 해야겠다고 생각했다. '일단'이 실패하면 남자의 친구 집에라도 살면 그만이었다.

"응, 그렇지만 집에서 다니니까 오가는 데 한 시간 반 걸리거든."

"힘들겠네."

모모는 무관심한 대화를 뒤로하고 원래 하던 이야기로 돌아갔다.

"그럼, 당신도 눈으로 알 수 있단 거야? 그렇게 날 알아봤어?"

"아니, 산타한테 금발이라고 들어서 알아본 거야. 그러니까 난 안 될 거 같아. 하지만 친구는 알 수 있다더라고. 대학을 다 뒤져서 우리를 모두 모았지 뭐야."

"우리라니?"

"내 친구들. 우리 말이야."

"그래?" 모모가 남자의 기타 케이스를 가리키며 "기타쳐?"라고 묻자 남자는 모호하게 고개를 끄덕였다.

두 사람은 편의점과 인도를 구분하는 빨간 원뿔 여섯 개 중 셋째와 넷째 사이에 끼여 앉았다. 엉덩이에는 이미 아스팔트 자국이 올록볼록 났다. 이따금 오토바이가 맹렬한 속도로 지나가면서 두 사람에게 무대조명 같은 그림자와 빛을 어지러이 던졌다.

남자는 모모와 같은 대학을 다니지만, 그렇다고 통학하는 건 아니라고 말했다. 대학을 일 년 휴학했는데, 그게 언제부

터였는지 잘 기억나지 않아서 이제 그만 학교로 돌아가야
할 때인 것 같기도 하다고 했다. 하지만, 뭐. 봄에 어쩔지는
봄에 가서 생각하려고, 하고 덧붙였다.

"벌써 충분히 봄인데."

"아직 사월이잖아, 춥기도 하고."

해 질 녘에 주택가를 걸으면 저녁밥 냄새가 난다. 밤은 어
디에 있어도 냉장고에 감춰둔, 좋아하는 음식 같은 냄새가
난다. 남자는 쇼트케이크 같은 목소리로 계속 말했다. 그의
긴 이야기를 듣는 것은 내용이 뭐든 간에 아주 달콤해서 모
모는 즐거웠다.

한 시간쯤 이야기했을 무렵 남자가 "이거 봐"라며 진회색
스웨트팬츠를 한쪽 다리만 벗었다. 왼쪽 다리만 바지 속에
끼워 넣은 상태라고 하는 편이 더 정확해서, 감색과 검정의
가는 줄무늬 팬티가 여과 없이 드러났다.

근육이 발달한 남자의 오른쪽 넓적다리에 검은 고무벨트
같은 게 감겨 있었다. 고무벨트에 붙은 열 개쯤 되는 주머니
에 총알 같은 금속제 물체가 꽂혀 있었다.

"레그 홀스터야. 늘 허벅지에 감고 다닌단 말이지. 난 여
태 중이병이 낫지 않으니까. 그 특효약이야." 남자는 고무

벨트에서 금속제 물체 하나를 빼 총알을 약처럼 삼키는 시늉을 했다. 그러더니 모모를 흘깃 보고서 모모가 웃지도 얼굴을 찡그리지도 않는 것을 확인하고 정색했다. "뭐가 됐든 상관없고. 아무튼 너도 하나 줄게."

남자는 조금 전 뺀 총알을 모모에게 내밀었다. 모모는 순순히 받아 손가락으로 그것을 문질러봤다.

"금속으로만 된 탄두는 그냥 쇳덩어리니까 불법이 전혀 아닌데, 아니, 사실은 잘 몰라. 신세 지고 있는 선배한테 달라고 해서 받은 게 이거였을 뿐이라."

남자는 손으로 코를 만졌다. 긴 앞머리 사이로 눈치를 보듯 모모의 표정을 살폈다.

"나중에 가서 나한테 환멸 느끼는 것도 싫으니까 말해두는데, 난 균이었던 적이 있어."

"균?"

"무슨무슨 균이란 거 있었잖아. 우리 초등학교에선 그게 나였어. 건드리면 미쓰균에 전염되는 거야."

"미쓰?"

"꿀(일본어로 '미쓰') 말이야. 벌꿀의 꿀." 미쓰는 자기 얼굴을 가리켰다.

99

미쓰의 헐벗은 오른 다리가 허옇게 일어, 모모는 그것을 모기 잡듯 탁 때렸다. 넓적다리 뒤를 보니 아스팔트 자국이 나 있었다. 미쓰의 귀를 만져보자 이미 얼음장처럼 차가웠다. 모모는 개를 끌어안듯 미쓰를 자기 쪽으로 끌어당기며 깔깔 웃었다. 멋진 사람이구나 생각했다. 예를 들면 초등학교 이학년 남자애의 거짓말 같은, 그래, 미쓰가 아까 말한— 미쓰가 방과후 돌봄교실에서 아이들과 놀아주는 아르바이트를 했을 때 '우리 아빠는 유명한 야구선수'라 떠들고 다닌 남자애의 아버지 이름을 인터넷으로 검색했는데 없더라는— 이야기 그 자체 같은 사람이라고 생각했다. 그 남자애는 같은 반 아이들이 싫어해 줄곧 미쓰와 둘이 놀았다는 에피소드가 인간화된 것 같은 사람이다 싶었다.

"나 균이었던 사람, 처음 보는 걸지도."

"초등학교 때 없었어?"

"있었지만 그때 이래로 처음이야. 하긴 옛날에 균이었다는 말은 구태여 안 할 테니까."

"종례 시간에 나 때문에 회의가 열렸다고. 미쓰를 균이라고 말한 적 있는 사람은 일어서세요, 하고 선생님이 애들 앞에서 말해서, 료카란 여자애만 빼고 모든 애들이 일어섰지 뭐야."

"료카란 애는 착했어?"

"아냐, 그냥 모범생이었어. 료카도 분명히 날 균이라고 부른 적 있었을걸. 하지만 반에서 나만 앉아 있으면 이상하잖아? 서른 명이나 있는데. 그러니까 '료카는 그런 짓 안 해'라고 내보일 수 있는 근성이 대단하다고 생각했고, 거짓말이라도 역시 기쁘긴 하더라."

모모는 고개를 끄덕였다.

"료카는 지금 미대에 다니면서 온라인으로 핸드메이드 액세서리를 판매하거든. 이게 거기서 산 반지야. 6천 엔. 솔직히 바가지 아냐?" 미쓰는 웃으며 오른손 셋째손가락에 낀 빨간 하트 모양의 반지를 모모에게 보여줬다. "그렇지만, 나도 내 이름을 딴 브랜드를 꼭 갖고 싶어."

미쓰는 그렇게 말하더니 땅바닥에 손가락으로 알파벳을 나열해 쓰기 시작했다. 모모는 그 옆에서 오가는 차의 번호를 더했다가 빼기를 반복했다. 전부 계산한 결과가 어째선지 마이너스였다.

모모가 영원히 계속되기를 바란 시간을 상대는 얼른 끝내고 싶어 했던 일이 모모의 인생에 몇 번 있었던 터라, 그럼 이 사람은 어떨까 하며 미쓰의 눈을 들여다봤다. 그러자 미쓰가 "모모는 눈썹이 그거네"라고 말했다. 모모는 무슨 뜻인지 모르는 척 눈을 깜빡이는 것으로 대답을 대신했다. 아이고, 칭찬한 건데 전달이 안 됐네, 하고 조금 전 발언을 창피해하듯 미쓰가 머리를 긁적이는 모습을 모모는 웃으며 바라봤다.

"뭐랄까, 눈썹이, 눈썹 말인데." 미쓰는 얼굴을 찡그렸다. "우리 아빠가 큰 화장품 회사 바이어라 화장품 샘플을 잔뜩 갖고 오거든." 모모는 그의 말을 들으며 고개를 끄덕였다. "사실은 전부 매장용 샘플인데 말이지. 그런데 우리 집은 나랑 형이랑 남자 형제라서, 화장품을 쓸 사람이 엄마밖에 없어. 그런데 엄마도 화장에 엄청 관심 있는 편이 아니니까 유행하는 화장품이어도 대량으로 남아도는 거야. 중학생 때 마침 눈썹 미용액이 유행했는데 여자애들은 다들 살 수가 없었거든. 중학생이니까 알바도 못 하고. 그래서 집에 남아돌던 눈썹 미용액을 반 여자애들한테 막 뿌렸단 말이지." 미쓰는 조금 징그러운 자신의 발언이 기분 나쁘게 여겨질까 생각되어서인지, 앞질러 웃으며 말을 이었다. "걔들은 내 덕분에 자기 눈썹이 길어졌다고 생각하면서 지내려나."

"엥, 그럴 리 없잖아." 모모가 웃는 걸 무시한 채 미쓰는 이야기를 계속했다.

"진짜로, 걔들 눈썹이 1밀리라도 길어졌으면 좋겠어. 아니면 본을 못 보여주잖아. 본을 못 보여주는 정도가 아닐지도 모르지만. 그렇잖아? 남자를 아무 데나 정액 섞는 녀석이라고 생각들 하잖아."

"그야, 그런 거 뉴스에서 많이 보긴 했지."

"응. 뭐, 그렇게까지 생각하지 않아도 말이지. 나, 여자애들 호감도 높이려고 가게에서 훔쳤다는 의심까지 받았거든. 패키지 뒤 바코드 있는 데에 샘플이라고 쓰여 있어서."

"의외네. 그런 짓 할 것처럼 안 보이는데."

"어느 부분이?"

"전부가."

"응. 뭐, 전부가 사실이라곤 못 할 수도 있지만." 미쓰는 잠시 얼굴을 찡그렸다가 웃었다.

초등학교 이학년 남자애의 거짓말 같은 사랑스러움을 코 모양으로 만들어 얼굴 한가운데 붙인 것 같은 사람이다, 하고 모모는 생각했다. 그런 생각이 들고 나니 미쓰의 코가 아주 사랑스럽게 보여 그를 빤히 바라보자 모든 게 즐거워졌다. 대화를 하면 코와 코가 춤을 추는 것 같고, 그러고 나면 롤러코스터가 추락하는 데 시간이 걸리지 않는다. 절대로 걸리지 않는다.

모모는 지금까지 살면서 맥이 뛰지 않았던 적이 한 번도 없었다. 두근콩닥두근콩닥, 언제나 살아 있었고, 언제나 연애를 하고 있었고, 그 둘은 다른 것이지만 완전히 똑같은 하나였고, 그런데 기적처럼 포개지는, 마치 일식日蝕 같은 것이었다.

모모는 땅에 쓰인 'MITSU TANAKA'라는 글자를 내려다봤다. 그리고 그 오른쪽 위에 'MOMO HOSHINO'를 따라 썼다. 두 이름을 가만히 바라봤다. 둘의 성에서 공통점이라곤 'N'밖에 없고 게다가 그 성은 원래 모모 것이 아니고 호시노에게서 우연히 날아온 'N'이라는 사실이 무척 기묘하게 느껴졌다.

남자 둘과 여자 하나가 다같이 결혼할 수는 없나? 하고 생각해봤다. 호시노와 결혼한 자신이 미쓰와 결혼하면 다같이 호시노의 성을 쓸 수 있고, 마젤란의 증명 없이도 지구를 평화적으로 둥글게 말 수 있을 것 같았다. 난 원래 살짝 사시斜視니까 한쪽 눈으로 미쓰를 보고 또 한쪽 눈으로는 호시노를 보는 것 같은 일은 의외로 간단하거든. 그래, 그럼 뇌가 거치적거릴 만큼 진심으로, 살아 있는 남자를 좋아할까? 모모의 뇌에 사랑이 졸졸 돌기 시작했다. 어디서 오르골 소리가 들려오는 것 같더니 이어서 자신과 세계를 잇는 다리가 점점 색을 띠는 것을 똑똑히 알 수 있었다.

모모는 온몸의 뿔을 둥글게 말고 미쓰의 집으로 때구루루 굴러드는 데 성공했다. 곧바로 눈꺼풀을 이불 삼아 긴 하룻밤 분량의 잠이 몸을 뉘었다.

아침에 먼저 깬 사람은 모모였다. 미쓰는 몇 시간 뒤에 일어나 베개에 엎드린 채 손을 더듬어 휴대전화를 찾았다. 휴대전화가 침대에서 스르르 미끄러져 바닥에 툭 떨어지자 기타 현이 딩, 하고 울었다. 어렵게 스마트폰을 집은 미쓰는 알림을 확인했는지 "헐, 레" 하고 웃음을 입에 머금었다.

"어젯밤 니시다랑 애들이 경찰에 붙들려 갔다는데. 기적적으로 난 너랑 같이 있을 때라 괜찮았지만."

"그게 누군데?"

"친구."

"왜 붙들려 갔대?"

"기물 파손 아닐까? 걔들 맨날 부수거든. 하지만 걱정 안 해도 돼. 걔들은 다들 부모가 빵빵해서 좀 붙들린다고 일 날 거 없어. 난 부모한테서 소중히 물려받은 가난을 여태껏 품에 넣고 덥히고 있으니까 붙들려 가기라도 했다간 끝장이지만."

모모는 얼굴만으로 대답했다.

"그리고 경찰 소동의 혼란을 틈타서 다카하시가 갖고 있던 대마를 부모한테 들키는 바람에 싱가포르로 가게 됐대. 진짜 급전개네. 걔하고 못 만나게 되는 건 그런대로 서운한데. 하지만 뭐, 일단 명목은 단기 유학 같은 거라 일 년 정도 있을 건가 봐. 그런데 또 누가 하느냐고 엄마한테 추궁당했을 때 그 녀석, 나랑 쇼 이름을 댔다지 뭐야."

미쓰는 모모의 안색을 흘끔 살폈다. 모모는 그 표정을 엿보고 "왜 싱가포르야?"라며 미쓰의 등에 귀를 맞추었다.

"그쪽에선 대마를 하면 사형이거든." 미쓰는 풋 웃었다.

역시 미쓰는 어딘지 모르게 자랑스러워 보였다. 경찰에 붙잡힌 것은 미쓰가 아니라 미쓰 친구고, 대마를 하겠다고 생각한 것도 미쓰가 아니라 미쓰 친구일 것이다. 친구들이 미쓰를 짜증스러워하겠다는 생각이 들었다. 예뻐한다고 해도 워낙 짜증나게 해서 그럴 것이다. 하지만 모모는 그런 사람의 징그러움을 좋아하게 되는 방법을 호시노에게 배운 터라, 그걸 처음으로 이 사람에게 실천할 수 있겠다고 생각했다.

내가 보조 바퀴 없이 수단이 아닌 연애를 할 수 있을까? 모모가 미쓰 가까이 얼굴을 가져가자 미쓰는 얼굴을 휙 뒤로 빼며 "에엥!" 하고 소리 내어 말했다. 지금 있는 곳의 발판이 무너지지는 않을까 언제나 불안하고, 동서남북은 어지러울 만큼 빠른 속도로 셔플되고, 인간관계는 일진월보의 미러볼이건만 5센티미터 앞에 있는 사람의 마음속은 역시 불가침이다.

소음순을 잡아 뜯어 남에게 먹이는 것 같은 영화도, 질 내시경을 사용하는 것 같은 야동도 인간은 고깃덩어리라는 것을 몸으로 알게 해주니까 좋더라. 온몸이 만신창이 식품인 채, 목소리까지 먹어버리고 싶을 만큼 달콤한 목소리로 미쓰가 이야기하는 시시한 무용담을 모모는 들었다. 그리고 어제 처음 만난 미쓰에게 키스했다. 처음으로.

봄방학에서 여름방학으로 지나는 동안 두 사람의 관계는

더욱 윤곽이 뚜렷해졌다. 그 집에서 하루 지내고 나면 계속 지내는 것은 어렵지 않았고, 집주인과 연인 관계가 되는 것은 더욱 간단했다. 이게 전쟁을 흐지부지할 만한 연애인지는 아직 알 수 없었지만, 그래도 어쨌거나 연애였다.

미쓰와 모모는 호시노와 모모처럼 우연히 같은 곳에 산 게 아니었다. 그보다는 함께 살고 있다고 하는 편에 더 가까웠다. 바꿔 말하면 호시노와 모모는 같은 밭의 복숭아였고, 미쓰와 모모는 같은 복숭아의 줄기와 열매였다.

미쓰가 한 여자애에게 세 번 고백할 수 있는 학생이었다는 사실은 그를 만나고 석 달 뒤에 알았다. 또 다른 한 여자애에게 여섯 번 고백할 수 있는 핸드볼 부원이었다는 사실은 반년 뒤에 알았다. 하지만 모모는 호시노에게 크나큰 사랑의 대상이었던, 인간의 그런 짜증스러움을 사랑하는 법을 이제 손쉽게 모방할 수 있었다.

모모의 연애 감정은 풍선껌처럼 부풀었다 꺼졌다 하는 게 아니라 탄소처럼 세상에 일정 수 존재하는 것이라, '이 사람은 무지무지 좋아하고 이 사람은 조금 좋아한다'는 식으로 조절할 수 있는 게 아니었다. '지금 있는 하트를 전부 당신에게 준다' 또는 '주지 않는다'는 선택밖에 갖고 있지 않았다. 그렇기에 호시노는 무지무지 좋아했지만, 그것과는 별개로 미쓰를 무지무지 좋아했고 하트는 한 알 한 알 씻어 새것이나 다름없었다. 예를 들면 초등학생 때 했던, 집 안이 전부 트램펄린이라면 좋을 텐데, 하는 망상이 팡 터져 날아가 뿅뿅 현실이 된 것처럼 즐겁고 기쁜 하루하루였다.

모모는 옆에서 기타를 연습하는 미쓰에게 "나 목욕할게" 라 이르고 욕실로 갔다.

목욕하기 전 팬티라이너를 부지직 뗐다. 고등학생 때는 팬티라이너가 없어야 팬티에 값이 매겨졌으니까 한 번도 쓴 적이 없었는데, 하고 모모는 생각했다.

내 이런 모순을 누군가에게, 예를 들면 미쓰에게 들켰을까, 하고 불안하게 생각했다. 미쓰는 올곧은 사람이고 올곧은 여자를 좋아한다. 그리고 모모는 자신이 배배 꼬인 만큼 어떻게 하면 자신을 올곧아 보이게 할 수 있는지 그 수단을 알고 있기에 두 사람 사이의 인식은 언제든 평등하지 않았다. 미쓰가 내 과거를 남김없이 알면 그게 지금 우리의 관계에 영향을 주려나, 하고 생각해봤다. 하지만 어떤 사람의 과거 때문에 지금 그 사람을 좋아하는지 아닌지가 달라진다는 것은 부조리하지 않나. 나비를 보고 저건 옛날에 송충이였으니까 더럽다고 생각하지 않고, 누가 전생에 시뻘건 비엔나소시지였다고 그 사람을 싫어하지는 않으니까.

미쓰는 모모가 팬티를 파는 종류의 여자라는 것을 모른다. 세상 어딘가에, 그게 누군가의 눈에 띄는 게 아니라 해도, 모모의 전라 사진이 인공위성처럼 떠돈다는 것을 모른다. 하지만 알 가능성도 어딘가에 있었다. 사랑이 영원하지 않다는 근거만이 있었다. 불가능을 증명할 수단만이 있었다. 그런 건 이제 못 견디겠다 싶었다. 설령 지금 이 순간을 견딘다 해도 계속해서 견디는 것은 불가능할 듯했다.

떳떳하지 못한 것을 외면하려는 목적으로만 앞을 바라보는 것은 죽지 못해 사는 것이나 다름없는 일이다. 미쓰와 보내는 그 어떤 하루에도 흰머리 섞인 머리처럼 허여멀건, '떳떳하지 못함'이 섞여 있었다.

그리고 보면 호시노, 호시노는 지구가 둥근 것과 마찬가지로 확실하게, 모모가 팬티를 파는 종류의 여자라는 것과 많이 놀아본 애라는 소문이 뒤따른다는 것을 알고 있었다. 구태여 알 필요 없는 것도 알고 있었다. 안다기보다 기억하고 있었다. 모르는 남자가 아는 남자를 넘어서는 일은 아마도 평생 없을 것이다. 그러니까 순정만화에서 왕자님은 소꿉친구를 이기지 못하는 것이고.

과거와 기억이 모모의 발을 잡아당기는 한편 지금과 시간이 아랑곳없이 모모의 손을 잡아끌고 간다. 아기 어머니라고 주장하는 두 여자가 양쪽에서 아기의 팔을 잡아당겨 이긴 쪽이 아기를 차지할 수 있다는 우화가 있다. 울부짖는 아기를 보다 못해 팔을 놓은 여자가 자식을 생각하는 진짜 어머니로 인정받는다는 결말이었을 것이다. 열아홉 살이다. 우리가 잡아 뜯기는 것도 이제 시간문제다. 뭔가 소중한 것을 두고 가면 과거와 기억이 만족할지도. 뭔가 소중한 것을 건네면 지금과 시간은 매수되어줄지도. 죽느냐 사느냐, 그냥 그 정도의 일이다. 구역질처럼 눈물이 치밀었다.

하지만 과거는 바꿀 수 없으니 말이지, 또 그렇다고 미래를 바꿀 수 있는 건 아니지만, 그렇잖아? 바꾸고 뭐고 정해지지 않았으니까 미래인 거잖아? 아, 하지만 어쨌거나 여러분, 미래를 보라. 미래, 언젠가, 나는 꼭 누가 나를 필요로 해주면 좋겠다고 모모는 생각했다. UFO가 나를 우주로 끌고 가려 할 때 나를 이 세계에 붙들어줄 것이 있으면 좋겠다. 가스레인지 위의 지저분한 주전자를 세 번 문질러, 배 묶는 기둥과 아주 굵은 밧줄을 줘.

모모의 손에는 늘 가느다란 실이 있다. 주먹 쥔 손안의 롤 타입 치실. 오늘은 치실을 길게 끊었다. 톱으로 나무를 쓱쓱 베듯 치실로 잇몸을 쓱쓱 쓸었다. 하얀 치실에 피가 배었다. 배고 또 배었다. 꽤 긴 치실의 하얀 부분이 모조리 붉어졌다. 모모는 치실을 앞니 사이로 쑤셔 넣고 마술이라도 부리듯 꼬리가 나올 때까지 휙 잡아당겼다. 입안에서 피 맛이 났다.

만난 지 몇 달이면 설령 거기에 알이 없어도 사랑은 부화 하는 법이라, 두 사람은 이제 갓 태어난 쌍둥이 아기처럼 무 구하게, 멋없이, 서로의 존재를 인정할 수 있었다.

그렇기에 모모와 미쓰는 달랑 둘이서 행복했고, 욕심이 우주로까지 뻗치는 일은 절대로 없었다. 어제 자기 전 대부 호(일본의 카드게임)를 한 뒤 치우지 않은 트럼프 카드 네 장 을 차례대로 뒤집었다. 이 남자와 보는, 마음이 어떻게도 할 수 없이 차고 이지러지는 기록을. 1, 1, 1, 1. 먼저 세계를 보 고 웃고, 침대 베개 주위에 흩어진 미쓰의 검은 머리카락과 모모의 금색 머리카락을 보고 웃었다. 새하얀 타월 같은 하 루하루를 미쓰와 함께 빨아 베란다에 깃발처럼 내거는 나

날은 매우 차분했고, 그러면서 뭔가의 징조처럼 어딘지 모르게 무서웠다.

창 옆. 습관은 호시노에게서 모모에게로 그리고 모모에게서 미쓰에게로, 체온처럼 천천히 옮아갔기에 미쓰와의 혼인신고서가 집 벽에 붙어 있었다. 통판으로 산, 벽지에도 붙는 접착력 강한 테이프로 붙여놓았다. 전에 한번 미쓰와 싸우고 욱해서 벽에서 뜯어내려 했을 때, 이것을 뜯으면 분명 벽지까지 찢어지리라는 것을 확신했다. 그래봤자 미쓰가 대학에 다니는 동안에만 지낼 연립이었다. 하지만 그렇다면 지불은 이미 삼 년 뒤로까지 닥쳐와 있었다. 따라서 벽에 붙은 혼인신고서는, 미쓰와의 사랑을 증명하는 종이라기보다는 집의 퇴거 비용 청구서 같은 것이었다.

빛이 드는 각도가 변하자 모모의 시야에 비친 혼인신고서의 왼편, '남편' 이름 부분이 흐릿해 잘 보이지 않았다. 괜찮아, 그렇지 않을 거야, 하는 의미로 모모는 옆에서 자고 있는 미쓰에게 살며시 키스했다.

암막 커튼이라 벌써 오후 한시가 되었는데도 방은 대체로 어두웠다. 바깥은 환해서 마룻바닥에 커튼 자락의 그림자가 물결처럼 그려져 있었다. 바우바우바우, 하고 맞은편 집 개

가 뭔가를 향해 짖는 소리가 모모의 왼손 셋째손가락이 움
찔거리는 게 멎음과 동시에 딱 그쳤다.

"일어나." 옆에서 자는 미쓰에게 속삭였다. "동물원이야"
하고 또 말했다. 미쓰는 깨지 않았다. 문득 방을 둘러봤다.
모모는 늘 미쓰의 집을 상식적인 선을 넘어 지저분하게 만
드는 터라, 어느 구석을 봐도 발 디딜 틈이 없는 방이었다.
'발 디딜 틈이 없을 만큼' 하고 즉각 생각했다. 발 디딜 틈이
없을 만큼 미쓰가 좋았다. 이건 엄청난 일이야, 생각도 못
한 미증유의 사태라고. 그러니까 셔터 찬스처럼 일상생활
의 틈새에 사랑을 끼워 넣을 순간이 있다면 모모는 절대로
그것을 놓치고 싶지 않았다. 모모가 느릿느릿 자리에서 일
어나자 바람을 맞은 상체가 부르르 떨렸다. 창문이 열려 있
다는 것을 깨닫고 바로 자박, 자박, 자박 현실을 지르밟으며
걸어가는 분명한 발소리를 눈꺼풀로 내며, 닫으러 갔다.

방에 있는 미쓰의 졸업앨범을 보며 모모는 턱을 괴었다.
모모와 호시노는 출석 번호가 붙어 있어 졸업앨범에서 나
란히 있을 수 있었다. 졸업앨범은 크고 부피가 있어 본가에
두고 왔지만, 미쓰의 집으로 굴러들어 아무것도 없는 방을
둘러보며 자신의 생활이 정말 호시노로 범벅이었구나, 하고

새삼 생각했다. 그래, 이 방과 대비되는 것은 어디까지나 본가의 자기 방이 아니라 호시노와의 생활이었다. 하지만 이제 앞으로는 다르다. 동물원까지 훌쩍 가기 위해 미쓰로 범벅된 상태로, 미쓰로 범벅된 방을, 미쓰와 함께 나섰다.

동물원에서 가장 가까운 역에 내려 입장 게이트까지 걸어갔다. 오후 두시경이라 동물원에 가려는 이들과 이미 들렀다 가는 이들로 길이 혼잡했다. 그때 반대편에서 걸어오던 네 남자 중 가장 평범하게 생긴 남자가 신기한 광경이라도 본 듯 눈을 반짝이며 "폰 찾았어?" 하고 옆을 스칠 때 미쓰에게 말을 걸었다.

남자 넷과 남녀 둘, 열두 개의 발이 동작을 멈추었다. 모여 선 그들을 피해 인파가 좌우로 갈라져 흩어졌다.

"폰?" 미쓰를 보니 그도 뭐가 뭔지 모르겠다는 표정이었다. 말을 건 남자의 뒤에 선 세 사람도 의아한 듯했다.

"무슨 소리야?" 미쓰가 되물었다. 반말하는 것을 보니 남자와 미쓰는 아는 사이인 것 같았다. 아마도 고등학교 동창생쯤이 아닐까 하고 모모는 생각했다.

"그 왜, 학교 축제 때 내내 폰 찾았잖아." 남자가 말했다.

"아, 어." 미쓰가 괴상한 억양으로 대답했다.

"누군데?" 뒤에서 가장 튀는 남자가 앞쪽에 있던 남자에게 물었다. 미쓰 앞에 선 남자는 먹잇감을 포획했다고 어머니에게 보고하듯 자랑스럽게 "아니, 왜, 미쓰잖아"라고 말했다. "아, 성은 까먹었는데, 그래도 기억나지?"

"다나카 미쓰." 미쓰가 이름을 댔다. 뒤에 있던 세 남자 중 하나가 "그래서 뭔진 몰라도 폰 찾았대?"라고 미쓰에게 말을 건 남자에게 물었다. "어, 아니……" 앞에 있던 남자는 미쓰를 얼핏 보고는, 뒤에 있는 이들이 생각보다 더 무관심한 것에 그리고 절호의 먹잇감을 발견한 자신의 공적을 인정조차 하지 않는다는 것에 낙담한 듯했다.

이윽고 뒤에 있던 남자가 "가자" 하고 관심없다는 듯 말하자 네 남자는 역 방향으로 걸어갔다. 미쓰는 그 자리에 서 있었다.

"언제 알던 애들?" 모모가 물었다.

"고등학생 때."

미쓰가 너무나도 그 이상 묻지 말라는 태도이기에 모모는 "폰이라니?" 하고 물었다.

"아니, 그냥." 미쓰는 턱을 쳐들었다. "그때 나 폰이 없었단 것뿐이야."

"무슨 뜻이야?"

"아니, 그러니까……." 미쓰는 짜증을 강조하기 위해선지 종종 숨 쉬는 것도 건너뛰며 나른하게 이야기를 시작했다. "고등학생 때 나 쟤들이랑 같은 반이어서 친하게 지냈거든. 그런데 학교 축제 때, 학교 축제는 원래 같은 반에서 늘 붙어 다니는 녀석들하고 구경하는 건데, 그때 이유는 몰라도 쟤들이 나랑 같이 구경 안 하겠다고 거절해서 혼자 교내를 돈 거야. 그러다가 다른 반 친구나 여자애를 만나면 내가 먼저 말 시켜서 '폰 잃어버려서 찾는 중이니까 혹시 보면 알려줘'라고 한 걸 쟤들이 그때 엄청 재미있어 했다, 그냥 그것뿐."

모모는 "그거 왕따 같은 건 아니겠지만" 하고 말한 다음, 미쓰의 안색을 살펴 잠잠한 것을 확인하고 나서 말을 이었다. "그냥 말이 그렇다는 건데, 왕따당한 쪽은 내내 기억하는데 한쪽은 금세 잊어버린다고 하잖아. 그렇게 치면 방금 그건 반대네."

미쓰는 "응, 뭐" 하고 다른 데 정신이 팔린 것처럼 대답했다. "그러니까 고백하지 않았는데 차인 것 같은 느낌이려나."

마침 동물원 입구에 도착해 2천 엔 주고 티켓 두 장을 사고, 그것을 게이트 옆에 있는 사람에게 주고, 반토막 찢어낸 티켓을 다시 받아든 다음 게이트를 지났다.

"아이스크림 먹자." 모모는 입구를 지나자 보이는 아이스크림 자판기를 가리킨 뒤, 아이스크림 따위에는 전혀 관심이 없는데, 생각했다. 뭔가 서표 같은 것을 끼우지 않으면 고대했던 동물원 데이트를 망칠 거라고 염려한 것이었다. 아니나 다를까, 미쓰는 "그러자, 무슨 맛?" 하며 웃었다.

"민트초코."

"말도 안 돼." 미쓰가 200엔을 투입구에 넣었다. "그래서 무슨 맛?"

"민트초코라니까."

"쿠키앤크림으로 하자." 미쓰가 버튼을 누르자 대구루루 떨어졌다. 그것을 미쓰가 꺼내 모모에게 주고, 모모는 포장을 벗겨 베어 물었다. 생각보다 말랑말랑했다. 이제 더는 필요 없다 싶은 지점에서 미쓰에게 건넸다.

"그러고 보니까 니시다한테 메이저 데뷔를 하지 않겠느냐고 연락이 왔다던데."

"들었어."

"난 지금까지 열심히 노력해왔다고 생각하거든."

"그것도 알아."

미쓰가 든 아이스크림이 녹아 하얀 액체가 흐르는 것을 보고 모모는 아이스크림을 도로 빼앗았다. 입에 넣었다. 두 사람은 걸음을 계속했다.

"그럼 이건? 모모한텐 말한 적 없는데."

"말한 적 없으면 당연히 모르지." 모모는 웃었다. "뭔데?"

"그럼 말한다." 미쓰는 숨을 들이마셨다. "난 고등학교에 올라간 시점에서 혼다랑 영혼이 바뀌었어."

"엥?"

"혼다는 말이지, 중학교 때까진 반 중심에 있는 까불거리는 녀석이었는데, 고등학교 가서부터 갑자기 음침한 녀석이 됐지 뭐야. 진짜 혼다랑 같은 중학교에서 온 녀석은 다들 어떻게 된 거야? 하고 고개를 갸웃거렸다고. 테가 유별나게 굵은 안경도 고등학교 와서부터 쓰기 시작했어. 중학생 때 안경 썼던 인간들은 다들 고등학교 와서 렌즈로 바꾸는데, 반대로 하는 녀석은 처음 봤다."

"이유가 뭐였는데?"

"그야 나랑 영혼이 바뀌어서 그랬지." 미쓰는 웃었다. "난 말이지, 엄마도 아빠도 엄청 좋은 사람들이고 형도 재미있는 녀석이라 내내 어째 나만 다르네, 싶었거든. 그러니까 역시 그런 것 같단 말이지. 뭐랄까, 아기가 뒤바뀌는 사건 같은 거? 그 사람들이 길러줬으니까 그야 가족이란 느낌은 들지만, 유전자적으로 뭔가가 다른 것 같아."

모모는 쿡쿡 웃고 미쓰는 진지한 표정으로 이야기를 계속했다.

"그러니까 뭔 소리냐 하면, 나랑 혼다는 같은 병원에서 태어났는데 뒤바뀌어서, 중학교 삼학년에서 고등학교 일학년 올라갈 때 신이든 뭐든 그걸 알고 난리가 나서 고육지책으로 우리 영혼을 맞바꾸기로 한 거야. 몸을 바꾸면 역시 부자연스러울 테니까. 응, 맞아, 그런 거야."

모모는 고개를 끄덕였다.

"내가 고등학교 가서 갑자기 명랑해진 건 사실이지만, 혼다하고 말해본 적은 없고 생일도 모르고 혼다 부모님도 만난 적 없으니까 실제로 어떤지는 알 수 없지만, 그래도 아마 맞을 거야."

"그렇지만 걱정하는 건 아니지? 그 말을 듣고 내가 혼다를 좋아하는 건지, 미쓰를 좋아하는 건지 알 수 없다느니,

혼다를 만나겠다느니 할 수도 있다고."

"혼다를 만나고 싶어?" 미쓰는 눈을 휘둥그렇게 떴다.

"안 만나고 싶어. 나 이거 버리고 온다." 모모는 오른손에
든 하얀 플라스틱 아이스크림 막대기를 흔들었다. "어디서
부터 구경할지 생각해둬. 우리 지금 계속 플라밍고 우리 앞
에 서 있다고."

조금 떨어진 곳에 있는 휴지통에 가서 뒤를 돌아봤을 때
는 미쓰가 어디 있는지 찾아야 했다. 미쓰는 이미 걸음을 뗀
뒤라, 모모가 종종걸음을 쳐 따라가자 "펭귄이야, 펭귄 보러
온 거야"라며 눈을 가늘게 떴다.

펭귄 코너는 동물원에서도 꽤 안으로 들어가야 있었다.
다른 동물을 무시할 수도 없으니 여기저기 계속 들르느라
펭귄 코너에는 한 시간쯤 뒤에야 다다랐다.

펭귄이 있는 장소는 전체가 약간 우묵하게 파여 있었다.
동물들이 달아나는 것을 막기 위해서인지, 성으로 치면 해
자 같은 것이 있고 그 중앙에 아마도 얼음이라고 갖다놓았
을 하얀 대가 있었다. 주위에는 가슴 높이까지 오는 펜스를
빙 둘러놓았다.

"'나한테 이런 재능이 있다!' 하는 이야기를 하자."

하늘이 점점 뜨거워지는 시간이었다. 모모와 미쓰가 열심히 바라보는 이 펭귄들은 더할 나위 없이 차가움의 상징이었다. 미쓰가 모모를 돌아봤다. 갑자기 미쓰의 얼굴이 시야를 가득 메웠다.

"니시다한테 메이저 데뷔를 하지 않겠느냐고 연락이 왔거든."

"응, 들었다니까."

"자칫하면 그게 나였을지도 몰라. 내가 그 밴드에 들어간다는 이야기도 있었으니까."

"응, 자칫하면 그렇다는 거지만."

"사실은 난 혼다야."

"그렇지만 그것도 포함해서 미쓰잖아."

"그런가? 아까 폰을 확인했더니 새 경비원 알바에 떨어졌던데."

"그건 관계없어."

"담배를 피울 수 있는 직장이라니 끝내준다고 생각했는데. 그날그날 하는 일이 달라지니까 꽤 도박이다 싶기는 했지만, 오고 갈 때 데려다주는 차에서 담배를 피울 수 있거든. 가끔 운전사가 잘못 걸리면 오늘은 좀 참아주세요, 할 때도 있지만."

"면접도 잘 마쳤다고 했었지."

"이제 나 돈 없어. 이걸로 7연속이야."

모모는 어이없다는 듯 고개를 흔들었다.

고개를 떨어뜨린 미쓰와 시선이 마주쳤다. 가슴이 꾹 메었다. 난 불사신이라고, 죽어서도 계속 말할 수 있는 사람인 줄 알았다. 어디를 가든 악의가 공습처럼 쏟아지거든, 나한테 상처를 주는 건 불가능해! 하는 눈을, 상처투성이 몸뚱이로, 이제 정말이지 그만두면 좋겠어, 미쓰처럼 여린 사람이 상처 입지 않는다는 건 불가능하단 말이야.

"이런 동물원도, 모모랑 같이 온 게 아니라 남자들끼리 모인 거면 담력 시험 같아지잖아. '누가 제일 먼저 제일 큰 동물을 만지나'라든지……. 학교 축제 때 왜 걔들하고 같이 못 다녔는지 생각났어. 애초에 내가 내내 겉돌았던 영향도 있겠지만, 그렇지만 역시 제일 큰 요인은 수도관을 폭발시켰을 때 눈치 본 것 때문일 거야. 난 그런 담력 시험에 늘 졌거든. 이기겠다고 생각한 적도 없지만. 저번에 니시다랑 녀석들이 경찰에 잡혀갔을 때도 나는 안 잡혀간 건 우연이 아니라 필연이었던 거야. 난 또 따돌림 당하는 걸까. 하지만 사실 그런 일은 절대 없단 말이지. 걔들이 그런 녀석들이 아니라는 건 죽도록 아는데, 그렇지만 예를 들어…….”

미쓰는 문득 ‘나한테 상처를 주는 건 불가능해!’ 하는 눈을 거두고 모모를 봤다. 미쓰가 작은 딸기를 넣을 만한 크기로 입을 벌려서 모모는 복숭아를 베어 물 정도로만 입을 벌렸다. 그러자 미쓰는 훗, 웃었고 모모도 생긋, 공진했다.

그 공간에 기분 좋은 둘 이상의 인간이 있으면 시간이 흐르는 일은 있을 수 없다. 그런데도 더 큰 진폭으로 웃어 보이면, 시간은 그 어떤 두 사람이라도 비웃으며 역시 괴수처럼 지나간다. 마리오의 멍멍이처럼 시간은 씹어 먹힌다. 여기는 동물원이니까 특히 더 그럴 게 틀림없다.

과거의, 하고 모모는 생각했다. 과거의 누군가와 몇 분간만 바꿀 수 있다면, 미쓰가 고등학교를 그만뒀을 때 미쓰와 면담한 선생님이 되고 싶었다. 열여섯 살 먹은 미쓰는 아무도 자신을 이해해주지 않는다고 확신하고 있었지만, 그래도 믿을 수 있다고 생각한 교사가 고등학교에 딱 한 명 있었던 모양이다. 미쓰는 면담 상대로 그 교사를 골랐다. 하지만 결국 그 교사는 매사에 관심이 없었을 뿐인데 미쓰가 그것을 자신에 대한 다정함으로 착각했다는 사실이 판명되었다. 미쓰가 얼마나 절망했는지 나는 알고 있으니까, 그럼 나는, 나는, 그 선생님이 돼서, 열여섯 살 미쓰의 모든 것을 이해하는 척하자. 자전거 바구니에 든 쇼트케이크처럼 뭉개질 운명인 미쓰에게 '네가 이제부터 갈 길은 분명 옳고 세상은 절대로 네게 상처를 주지 못할 것이다'라고 말해보자.

미쓰를 돌아보고 그렇게 말하려 했을 때, 미쓰가 펭귄 쪽으로 손을 뻗는 모습이 보였다. 머리를 쥐어뜯었다. 펭귄들은 미쓰를 보고 있지 않았다.

미쓰는 먼저 펜스에 발을 걸었다. "미쓰?" 펜스 너머로 몸을 쑥 내밀고는, 타 넘었다. "얘." 덩크슛이라도 하듯 구두를 벗어 모모에게 던졌다. "미쓰!" 탁한 녹색 물에 몸을 담그는가 싶더니 스트로크 한 번에 하얀 물가에 도착했다. 두 손을 물가에 얹고 체중을 실어 못 밖으로 몸을 끌어 올렸다. 미쓰가 입은 밝은 물빛 티셔츠가 완전히 청색으로 변했다. 압박해오는 듯한 푸른 하늘 아래, 그물처럼 큰 손을 펭귄 쪽으로 뻗었다. 펭귄은 별반 허둥대는 눈치도 없었다. 한 마리 한 마리가 각각 지뢰처럼 생겼다. 그게 폭발한 것처럼 태양이 눈에 번득여 마음이 쨍 얼어붙은 느낌이 들었다.

시끌시끌한 소리를 들었는지 사육사 세 명이 펭귄 쪽으로 우르르 나왔다. 미쓰는 사육사들에게 붙들리자 더는 저항하지 않았다.

"그러니까 안 된다고. 난 돈이 없어. 내 친구는 경찰에 붙잡혀 가도 괜찮아. 걔들 부모는 빵빵하고 돈이 있으니까. 하지만 난······."

"일단 사무실로······."

"모모." 미쓰가 큰 소리로 모모를 향해 말했다.

"일행인가요?" 펜스 밖에서 상황을 살피러 온 사육사가 물었다.

"죄송해요. 저 친구가 정신적으로 불안한 면이 있어서 좀 흥분했나 봐요."

"아마 저쪽에서 이야기를······."

"경찰을 부르거나 하나요······?"

"사유지니까 기본적으로 형사사건은 되지 않겠지만 만약 저분에게 반성하는 기색이······."

"재능이라면 있어." 미쓰는 말했다. "돈은 없어. 재능이라면 있어."

미쓰는 더는 못 참겠다는 듯 히죽거렸다. 긴 머리를 여느 때처럼 오른손으로 쓸어 올리면서.

이상하다, 하고 모모는 생각했다. 자신이 슬퍼하지 않는데 이 사람 혼자 슬퍼하는 것은 모모에게 이상한 일이었다. 그렇지 않나, 아아, 호시노가 그렇게 되었을 때 자신이 거기에 공감하지 않은 것을, 어딘지 모르게 남 일이었던 것을 그리고 지금 미쓰 안에 있는 슬픔이 자신에게 없는 것을, 동등한 일로 느꼈다. 그건 두 사람에게 내가 특별하지 않다는 뜻일까. 두 사람은 그 '특별'을 앞으로 발견할까.

그렇기에 그러지 말아줘, 생각한 뒤에 모모는 혹시 미쓰의 내면에 자신은 없지 않을까, 하고 생각했다. 미쓰가 살고 있는 세계와 자신이 사는 세계는 다른 게 아닐까. 자신의 몸을 꼬집었는데 아프지 않으면 분명 슬플 것이다. 하지만 서로 사랑한다는 것은―살짝 과장했는데 괜찮으려나, 하지만 진짜로― 서로 이해한다는 게 아니다. 아직 배우지 않은 글자에게 느끼는 감정이 좋아하는 사람에게도 언제나 있다. 자신도 이 사람도, 예를 들면 그 사람도, 같은 인간이라는 것을 잘 모르겠다. 설명이 되지 않는다. 그러니까 내 인생도 다른 사람들 인생도 다 같은 인생이라는 것이 참 이상하다. 첨벙첨벙 데자뷔를 보트 레이스처럼 헤치고 나아가며 살아간다. 나름대로 즐겁다. 빛의 알갱이가 주위에 흩어진다!

미쓰가 어디론가 끌려간 후로 모모는 혼자 동물들을 구경했다. 혼자서 보는 많은 동물은 대개 눈에 담기지 않았다. 하지만 중요한 것을 모모가 놓친 적은 절대로 없었다. 모모가 지금까지 택한 모든 길은 반드시 옳은 길이었다. 언제, 누가, 과거의 모모와 이야기하는 중인 사람과 뒤바뀌어 '네가 택한 모든 길은 반드시 옳은 길이야'라고 말해줄지 모른다. 아니, 아마도 누가 어느 시점에서 그렇게 해준 덕에 내 기억은 이미 편집되어, 지금 나는 이런 나를 이런 식으로 생각할 수 있는 것이리라.

하지만 그런 일은 아무래도 상관없고, 두둥, 내가 택한 모든 길은 반드시 옳은 길이다. 지금 자신에게 보이는 것 전부가 증거다. 하늘은 파랗고 물은 녹색이었다. 펭귄 수십 마리의 볼을 모조리 올려보고 싶었다.

이날, 무관의 제왕 머리에 '위력에 의한 업무방해로 엄중 주의'라는 왕관이 씌워졌다.

매지컬 바나나, 노을은 빨갛다, 빨간 건. 모모는 서로 얽힌 두 개의 손을 들어 올려 노을에 비추었다. 미쓰의 셋째손가락은 껍질이 벗겨져 빨갛게 부어 있었다. 넷째도 약간 딱

한 상태였다. 이유는 질이 산성이기 때문이라는 게 틀림없다고 생각하지만, 둘이서 "질 안이 산성이라 그런 거지?" 하고 답을 맞춰본 적은 없었다. 모모도 셋째손가락만 조금 짓물러 있었다. 노을 속을, 미쓰만 손에 힘을 주고 짓무른 셋째손가락을 엮으면서 주소가 같은 집으로 돌아왔다.

미쓰는 집에 오자 "몸이 찝찝해"라며 바로 샤워했다. 그렇게 더러운 못에 들어갔으니 당연하겠지만, 뜨거운 흥분이 식기 전에 당신과 온갖 이야기를 하고 싶은 기분이었던 터라 모모는 반 접히는 식의 욕실 문에 등을, 기다리다 지쳐, 배도, 딱 붙이고 미쓰를 기다렸다. 윤곽이 흐리멍덩한 살색이 이런 일 저런 일 하는 것을 알 수 있었다.

문이 반으로 접히며 열리고 안에서 미쓰가, 배스타월을 집기 위해 이쪽으로 손을 뻗었다. 손목을 잡았다. 미쓰가 뭐라 말하고, 모모는 달콤하다고 느꼈다. 미쓰의 목소리는 아주 달콤해서 늘 의미를 이해하기에 앞서 속이 쓰렸다.

탈싹 주저앉은 모모 앞에 미쓰는 따뜻한 물방울로 범벅이 되어 그 자리에 서 있었다. "목욕을 너무 오래해서, 컵 좀 가져다줄래?"라는 미쓰의 말에 컵과 세면대, 냉장고를 당구공처럼 급히 돌아다니며 물을 준비했다.

미쓰의 뒤를 이어 컵에 따른 물을 마시려는데 컵 바깥에 머리카락 두 가닥이 붙은 게 보였다. 하나는 금색, 또 하나는 검은색과 금색이 반반씩 섞인 머리카락이었고 둘 다 길었다. 확실한 생활의 무늬였다. 물을 꿀꺽 끝까지 다 마시자 두 가닥 모두 컵 바깥이 아니라 안에 붙어 있다는 것을 알 수 있었다. 가볍게 웃고 눈을 올려 떠 미쓰를 바라봤다. 운명은 몇 초에 하나씩 태어나는 걸까. 이 세상에는 작은 규모의 전설이 얼마만큼 있을까. "왜?" 미쓰가 뒤를 돌아보며 물었다.

우뚝 선 미쓰 가까이에 탈싹 주저앉아 있었다. 똑바로 위를 올려다보자 미쓰와 눈이 마주쳤다. 누가 먼저랄 것 없이 방긋방긋 공진했다. 제2관절에서 조금 굽은 미쓰의 오른 새끼발가락이 모모에게 윙크하는 것 같아서 옆면을 콕콕 찔렀다. 그리고 손으로 잡은 다음 조금 힘을 주어 잡아 뜯으려고 해봤다. 그러자 손이 바닥으로 휙 날아가며 느닷없이 녹다운을 당했다. 미쓰가 있는 힘껏 모모의 손을 친 것이었다.

"뭐 하는 거야?"

"아파, 하지 마."

"이런 거 필요 없잖아?"

미쓰는 한숨을 쉬었다. 도수가 높은 콘택트렌즈 대신 눈동자에 얼음을 낀 것 같은 눈이 됐다. "이상하잖아. 오늘 이따 걔들하고 사우나 가기로 약속했다고. 다들 발 까놓고 앉을 텐데 나만 숫자가 맞지 않으면 이상할 거야."

"그렇지만 난 미쓰를 좋아하는걸."

"그게 뭐? 좋아하는 사람한테 자기 원하는 대로 되라는 건 이상하잖아."

'이상하잖아'의 '이' 부분이 여느 때처럼 귀엽다는 생각이 의식의 표층에 떠올랐다. 보통 사람의 '이'보다 몇 밀리 더 넓게 입술을 옆으로 당기는, 'i' 부분에서의 무의미하고 귀여운 노력의 낭비가, 미쓰의 모든 것을 체현하는 듯해서 늘 사랑스러웠다. 상대방이 너무나도 무구해서, 자신이 나쁜 걸까, 하고 노여움에 고삐를 맡기기 전에 생각해봤다.

오늘 일에 관해, 모모가 전부터 상상했던 미쓰의 행동 범위에서 미쓰가 간단히 빠져나간 게 몹시 무서웠다. 그게 가능했다는 것은 미쓰가 언제든지 자신에게서 달아날 수 있다는 뜻이니, 모모는 자신이 생각하는 미쓰의 영역을 넓히기 위해, 셈을 맞추기 위해, 새끼발가락을 잡아 뜯으려고 한 걸까.

"난 미쓰가 좋아." 다시 한번 말했다.

미쓰는 그 말을 우그러뜨리듯 주먹을 쥐고 불만스레 눈을 가늘게 떴다. 생리 중일 때도 모모가 원하면 기꺼이 했고, 모모가 크게 다치도록 둘 정도면 자신의 손가락 또는 왼팔쯤은 아무렇지도 않게 잃을 거면서 이렇게 중요한 일을 어째서 알아주지 않는 걸까. 심심풀이로 문신을 한다든지 모모의 기분에 맞춰 호적에 올렸다 뺐다 한다든지, 그런 것은 장난 반 그리고 나머지 절반은 물론 모모에 대한 사랑으로 따라주는 미쓰가 이런 태도를 보이면, 마치 너 따위 이제 전혀 좋아하지 않는다고 밀쳐내는 것 같아서 모모의 호흡은 거칠어졌다.

짐승들의 싸움처럼 고착 상태도, 장난질도 한순간의 일이었다. 무기력하게 화를 내며 모모는 미쓰의 발가락에 달려들었다. 미쓰는 "하지 말라니까" 하고, 그래도 그만두지 않는 모모를 보다 못해 "하지 말라니까!" 하고 또다시 고함치더니 "작작 좀 해라"라며 검지로 날카롭게 찌르듯 모모의 가슴을 쿡 질렀다. 모모는 곧바로 노여움에 사로잡혀 미쓰의 머리털을 잡아당겼다. 미쓰는 모모의 손을 힘껏 때렸고 모모는 미쓰를 노려봤다. 몇 초 동안 서로 노려본 뒤 모모는 현관으로 이어지는 복도를 빠른 속도로, 노여움만을 원동력으로, 발을 움직여 걸어갔다.

말이든 물건이든 뭔가를 집어 던져 상처를 주고 싶은데 아무것도 없네, 하고 생각했을 때 현관 옆에 있는 냉장고가 보였다. 문을 열어 계란을 한 손에 세 개씩 들고 미쓰의 몸에 냅다 던졌다. 냉장고에 삶은 달걀과 날달걀과 반숙 달걀이 있었지만, 노여움의 열기에 머리가 조여들고 있었던 터라 자신이 뭘 꺼냈고 방금 뭘 던졌는지 알지 못했다. 그건 달걀이 미쓰에게 맞은 다음에 알았다. 깨진 것은 날달걀이었고 둔탁한 소리를 내며 바닥에 떨어진 것은 삶은 달걀, 중간은 반숙 달걀이었다. 삶은, 두 개 동시에 날과 삶은, 세 개 동시에 날, 날, 반숙, 하고 달걀이 미쓰를 맞혔다. 이 집은 바닥이 더러우니 먼지와 노른자가 섞여 청소하기 힘들겠다고 생각했다. 미쓰는 어안이 벙벙해서 쉰 목소리로 무어라 말했다. 현관문을 열었다. 되도록 멀리 걸어가야겠다고 생각했다.

강한 밤바람은 모모의 몸 모든 구멍과 우묵한 곳을 통과했다. 시원해서 기분 좋았다. 누구와도, 어디와도 연결되지 않은 자신은 결국 외톨이라고 생각했다. 두껍질 조개를 잇는 패주가, 분수分數의 위아래를 가르는 막대기가, 부럽다고 생각했다. 조개는 패주가 있어서 헤엄칠 수 있다니 참 어이가 없다. 그럼 나는 어떻게 헤엄쳐야 하는 걸까. 나와, 누구든 좋으니까 누군가를 연결하는, 절대적이고 압도적인 끈이 있다면. 이걸 떼어내지 못하다니 분하다고, 자신과 연결된 누군가가 생각한다면 나도 그러게, 분하네, 하고 동조해 보일 수 있는데. 건조한 바람이 건조한 눈에서 눈물을 후벼내 모모는, 자신은 어떤 큰 이야기의 구성원이 되는 일은 평생 한 번도 없이 흐늘흐늘하다고, 몸에 걸치는 그 어떤 친구도 연인도 눈에 띄는 것과 호환 가능하다고 생각했다.

짤깍, 하고 눈을 깜박이자 눈물이 한 방울 굴러 떨어지기에 왼손 손톱으로 받았다. 눈물방울은 손톱 표면에 깔끔하게 퍼져 톱코트를 바른 직후처럼 투명하게 반짝였다.

그렇다면 나 자신이 누군가의 둘도 없는 존재가 될 리 없지. 밤하늘에 뜬 흐릿한 별을 올려다보며 머릿속으로 별들을 마구 휘저어봤다. 별들이 과일 바구니 게임을 한다 해도 우리는 알아차릴 수 있을까. 별의 개성에, 예를 들어 저기 저 별이 죽고 싶다고 천천히 눈을 깜박인다 치면 너희는 거기에 공감할 수 있어? 등에 'Sparkly this way'가 쓰인 스웨

트셔츠를 입은 젊은이가 선 채로 자전거 페달을 밟으며 모모 옆을 지나갔다.

Sparkly this way, Sparkly, Sparkly this way.

혼자서 팔십칠 년을 다 채워 살 수 있을까. 눈물을 누군가의 옷에 건네지 않고, 체념을 말꼬리에 싣지 않고, 노여움을 아랫입술에 맡기고 고집을 좌심실에 모아, 홀로 쌩하니 달리듯이. 나는 도저히, 나는 도저히 그렇게 못 하겠다.

나를 거꾸로 들고 흔들어 심장만이 달랑달랑 달그락 울리게 되었을 때, 내 몸만을 사랑해줄 사람은 있을까. 내가 섹툼셈프라(〈해리 포터〉 시리즈에 등장하는 마법 주문 중 하나)로 머리끝부터 발끝까지 갈가리 찢겼을 때, 내 머릿속만을 사랑해줄 사람은 있을까. 애초에 내가 나인 이유가 몸속에 빵빵하게 차 있다 치면, 그때 동그란 이 나를 사랑해줄 사람은 있을까.

왕자님의 키스를 받아야 풀리는 최악의 주문처럼 연애는, 혁명이다, 라고 생각한다. 같은 의미로, 그 외의 것들은, 퇴화다, 라고 생각한다.

그러니까 역시 생각하거든. 앞으로 몇 번 나 자신을, 머리끝부터 발끝까지 걷어 올릴 수 있을까. 죽기 직전이라도 늦

지 않을 것 같다. 수명이 다하기 삼 초 전이든 태어나고 삼 초 뒤든 역시 그럴 테니까. 그러니까. 자기 몸 어느 기관에서부터, 털실 뭉치 같은 인생의 무슨 색 실부터 혁명이란 걸 일으키고 싶어? 모모는 새끼발가락에서부터, 미쓰와 이어진 붉은 실부터. 스리 핑거에서부터, 입술에서부터, 얼굴에서부터, 심장에서부터. 그렇다면 지금 바로 여기서부터, 도라 도라 도라トラトラトラ. 자기 마음속을 들여다봐. 자, 자, 자, 소중한 걸 잔뜩 불태우면, 어때, 밝아졌지…….

  모모는 달이 유달리 큰, 검은 부분이 어쩐지 끈적이는 것 같은 밤을, 미쓰와 걷고 있었다. 누가 갑자기 뒤에서 자신을 하늘 쪽으로 확 날려 저 달이라든지 별처럼 검은 부분에 접착되는 상상을 해봤다. 등만 찰싹 붙어 있으니까 벌레처럼 팔다리를 파닥거리는 수밖에 없다. 지나가는 사람 몇 명을 끌어와 같은 자세로 만들고 파닥거리게 한 다음, 자신만 지상으로 삭 내려놓아 미쓰와 다시 걷기 시작했다.
  밤의 막膜을 몸에서 떼어내고 아파트 현관으로 들어섰다. 엘리베이터에서 내려 세 번째 현관이 미쓰 친구의 집이었다. 아직 확정되지는 않았지만 이름 모르는 기획사와 메이저 계약 이야기가 있다는 밴드의 그 친구였다. 미쓰는 그렇게 슬퍼한다면 숨 쉴 수 있는 장소를 너한테도 줄게, 하며 이 장소와 친구들을 모모에게 소개하겠다고 말했다.

거실로 들어가 어둑어둑한 실내를 살펴보니, 머리를 난잡하게 기른 미쓰와 비슷한 분위기의 남자들이 여럿 있었다. 머리가 긴 남자가 넷, 짧은 남자가 둘쯤이었다. 여자는 산타한 명인 듯, 그들의 대화 틈틈이 즐겁게, 장식품처럼 웃음을 떨어뜨리는 모습이 보였다.

컬처가 울창한, 흡연소 같은 거실이라는 생각이 들었다. 레코드플레이어에 영화 포스터, 책꽂이에 자리가 없어 바닥에 무더기로 쌓인 책. 조금 전까지 신선한 밤공기를 마셨기에 더더욱 방 안은 미적지근하고 침침하고 연기 냄새로 가득했다.

네모난 방의 한 면에는 창과 베란다, 다른 한 면에는 수납장과 문, 또 다른 면에는 침대, 마지막 면에는 스크린과 소파가 있었다. 소파에 앉아 스크린의 영화를 보는 사람이 있어서 그런지, 방을 밝히는 것은 꼬마전구 불빛뿐이었다. 주위는 난잡하게 어질러져 있고 앉을 곳이라곤 침대 위뿐이었지만, "뭘 밀어내도 돼"라고 둥글게 모여 앉은 미쓰 친구가 돌아보지 않고 말했다. 곧바로 친구 쪽으로 다가간 미쓰는 원 안에 자리를 잡은 순간 안심한 듯 구부정하게 앉았다.

모모는 일단 베란다 쪽 큰 창문에 들러붙어 조용히 귀 기울여 들었다. 창틀에 먼지 요정(일본 애니메이션 〈이웃집 토토로〉에 등장하는 캐릭터)이 빽빽하게 자란 것을 발견한 뒤로는 창에 딱 붙어 있는 것은 그만두고 바닥에 쌓인 책을 폈다 덮었다, 콘센트의 코드를 뽑았다 꽂았다 했다. 장발에 눈이 나쁜 남자들이 다수 모이는 집이라 그런지 머리카락이 책 밑에 무수히 깔려 있었다. 바닥의 물건을 움직이면 먼지며 머리카락도 산 생물처럼 줄줄이 따라 움직였다.

연기가 곳곳에서 피어오르고 있었다. 담배 냄새와 시큼한, 참기 힘든 냄새가 콧구멍 부근에서 끊임없이 춤을 추었다. 대마인 듯한 것이 유대처럼 사람들 사이를 차례대로 돌았다.

화장실을 쓰려고 복도로 나오자, 미쓰가 전에 "이게 우리야"라며 보여준 단체 사진 구석에서 곱슬머리를 꼬며 미안한 듯 브이를 그리던 소년이 약에 취해 화장실에 쓰러져 뭔가를 계속 욱욱 토하고 있었다. 모모는 다시 원래 있던 곳으로 돌아왔다. 복도와 거실을 잇는 문을 닫지 않은지라 복도를 멍하니 바라보니, 화장실에 가려던 사람이 그를 걷어차고 볼일을 보지 않은 채 돌아오는 모습을 두 차례 볼 수 있었다.

슈퍼 슬로모션으로 술래잡기를 하는 것처럼 담배 같은 형태를 띤 그것은 방대한 모험을 한 뒤 모모에게까지 왔다. 조인트를 든 채 잠시 우두커니 서 있었다. 영혼이 빠져나가는 것처럼 연기가 모모의 오른손에서 흔들흔들 피어올랐다. 역겨운 느낌이 발 쪽에서부터 끈끈하게 모모를 메웠다.

얼마 뒤 이번에는 산타가 화장실의 변기가 있는 칸으로 들어가더니 "꺅" 하고 비명을 질렀다. 남자들이 숨죽여 웃었다. 무슨 일인가 해서 산타를 마중하러 가자, 소년의 바지가 조금 내려와 있고 거죽이 덮인 고추 끝이 위를 향한 채 그곳에 끼여 있었다. 모모는 산타의 왼손을 자기 오른손으로 잡았다. 산타마리가 덩어리를 꽉 쥐었다.

장발 남자 그리고 그 남자와 어깨동무를 한 장발 남자가 휘청거리며 다가와 "산타, 맨날 하는 거 하자, 파티야"라고 말했다. 어깨동무를 당하는 쪽 남자가 조인트를 들고 있었는데, 산타는 그것을 받아 한 모금 피웠다.

"오늘은 그럼 애한테 도와달라고 해." 남자의 말에 산타는 고개를 끄덕였다.

산타는 거실과 복도 사이에 있는 문을 닫고 롱스커트를 벗었다. 팔을 십자로 가로질러 스웨터 밑자락을 잡더니 춤이라도 추듯 엉덩이를 흔들며 두 팔을 들어 검붉은 기하학무늬 스웨터를 벗었다. 모모가 후크를 끌러주는 사이에 산타는 팬티를 벗었다.

"뭐 하는 건데?"라는 질문에 산타는 답하지 않았다.

산타는 2겹 두루마리 휴지의 끄트머리를 자신이 들고 두루마리 쪽은 모모가 들게 했다. 그리고 휴지 끝을 오른쪽 옆구리에 대더니 "감아줘"라고 말했다. 두 팔을 들어 올린 산타의 몸에 모모는 찢어지지 않도록 조심하며 최대한 단단히 휴지를 감았다. 일단 배가 보호되자 그다음은 가슴으로, 그때 너무 세게 당겼는지 절단선에서 휴지가 조금 뜯겼기에 어쩌지, 하는 식으로 산타를 올려다보니 산타가 선반에 있던 포장 테이프를 주었다. 그것으로 보강하고 계속 감았다.

아직 한 바퀴밖에 감지 못했으니 추위를 바짝 좁혀 생긴 돌기 두 개가 휴지 너머로 튀어나와 있었다. 색이 진해서 구름 뒤 태양처럼 흐릿하게 비쳐 보였다.

배와 가슴을 충분히 감고 나서 숄더백의 어깨 끈처럼 어깨를 지나 이번에는 가슴에서 배로, 그게 끝난 다음에는 스모 선수의 드림처럼 아랫배를 덮고 그다음은 엉덩이에 감았다.

"진짜로 뭐 하는 건데?" 모모는 손을 놀리며 다시 물었다.

"처음엔 말이지, 난교 파티 같은 느낌이었어. 그렇지만 타마키, 언제부터였더라? 대학교 이삼학년이었을 텐데, 뭘 입에 넣을 때마다 속이 울렁거리게 된 거야. 그러니까 난교 파티는 이제 무리일걸. 타마키도 나이를 먹은 거야. 그럼 살이 빠지잖아? 그러니까 마른 거야! 브이." 산타는 브이를 그렸다. "좋아하는 걸 아무것도 못 먹게 됐어. 칫솔을 입에 넣기만 해도 웩 하니까 이도 닦지 못해 입에서 나쁜 냄새가 날지도."

산타가 숨을 훅 불었다. 호시노 누나 맞네, 하고 모모는 웃었다.

"입에서 나쁜 냄새가 나니까 뽀뽀도 못 해. 그건 곧 살면 안 된다는 뜻인 거야. 입에 넣는 게 남자 몸의 어느 부분이든 마찬가지라고. 손가락도 젖꼭지도 안 돼. 입에 넣기만 해도 징그러워. 글쎄, 고추도 안 되지 뭐야. 싫은 게 아닌데 몸으로 토할 것 같은 느낌이 들어. 진짜 너무하다고, 타마키는 분비액도 엄청 러브였는데, 정액은 진짜 싫지만."

휴지를 둘둘 감은 산타의 배가 슥 부풀었다.

"그러니까 대부호에서 혁명이 일어난 것 같은 거야, 좋아하는 순서대로 싫어져. 역시 이제 더는 살 수 없어. 하지만 접촉하지 않아도 되니까 이것만은 즐길 수 있거든." 산타는 몸을 꼬고, 세 번 꼬는 만큼 춤을 추었다. "타마키는 이게 정말 좋아. 진짜 누가 진정제라도 놔주지 않으려나. 애, 진짜 연애란 건 그런 거야? 위험한 인생에 진정제를 주사하는 게 연애한다는 거잖아? 타마키도 이제 슬슬 진지하게 살아야겠어! 이젠 넣기만 해도 거기가 아프단 말이야. 그럼 어떡해야 해? 대마라도 피우면서 이렇게 살아? 그건 안 되잖아. 타마키 사실 법 같은 거 어기고 싶지 않다고."

모모가 휴지 감기를 중단하자 산타가 "좀 더"라고 말하기에, 산타의 몸을 붙들며 주위를 빙글빙글 돌았다. 점점 어지러워져서 이번에는 산타를 돌렸다. 산타의 발음이 더욱 불분명해졌다.

"엉덩이 깐 애가 1등상이라고 해서 여기까지 온 건데 트로피는 어디 있어?"

산타가 그렇게 말하며 내민 손을 모모는 응, 그래, 하며 잡았다.

"있지, 남자랑은, 이것만 있으면 이제 평생 자기를 위로할수 있을 거란 느낌의 사진, 아, 야하지 않은 사진으로 말이야, 국부를 노출한다든지 그런 거 아닌 거, 물론 그런 사진일 때도 있지만 꼭 그런 건 아닌 사진, 그게 있으면 이제 그사람하고 바이바이 해도 되지 않나 싶거든."

"호시노로 치면 혼인신고서 같은 거?"

"맞아. 하지만 미쓰루는 타마키를 모방하는 거야."

말소리가 들렸는지 "다 됐어?" 하고 문 안에서 누가 물었다. 낮고 끈적한 웃음소리가 문틈으로 부풀어 올랐다.

목소리로 산타에게 무슨 일을 시키려는지, 또는 산타의말을 빌리면 산타가 무엇을 하려는지 대체로 예상이 되기에, 모모는 "아직 안 끝났어!" 하고 문 너머를 향해 고함을쳤다.

도시로 가는 소중한 딸을 배웅하듯 산타의 몸을 감고 또감았다. 산타의 엉덩이 살이 완전히 가려질 무렵에는 휴지가 한 손에 쥐어지는 굵기가 되어 있었다. 산타가 "화장실갔다 올걸"이라고 말하자 모모는 "이젠 늦었어"라며 웃었다.휴지가 얼마 남지 않아서 그 뒤로는 타협해 배에 감았다가 어깨에 둘렀다가 했다.

미니드레스라고는 할 수 있을 정도로 멀쩡한 옷처럼 보였다. 하지만 표면을 만져보니 역시 종이 질감이었다. 어중간한 미라 같은 모양새의 산타와 함께 거실로 갔다. 실내에 틀어놓은 음악의 음량이 열 배 정도로 높아져, 의식해서 듣지 않아도 음악이 귀로 각목을 들고 쳐들어왔다. 문 옆에 있던 남자가 산타에게 또다시 조인트를 물렸다. 산타는 시키는 대로 피웠다.

그쳤구나…… 생각하면 시작되고! 조용하네…… 생각하면 격렬한! 외국 음악이었다. 여러 사람이 검지와 발과 고개로 탄타카탄탄 하고 리듬을 맞추는 가운데, 산타는 뭔가에 사로잡힌 것처럼 춤을 추기 시작했다. 꼭두각시 인형처럼 코믹한 춤이었는데, 그러면서 팔이나 다리를 뻗는 모습은 어쩐지 백조가 목을 뻗는 것처럼 아름다웠다. 산타가 예전에 발레를 배웠다는 이야기가 생각났다.

남자들은 거의 모두가 황록색이며 분홍색, 파란색의 작은 물총을 들고 있었다. 개중에는 "난 그런 건 관심없어"라며 벨트에 꽂고 잘난 척하는 이가 있는가 하면 짐짓 물총을 겨누고 총구의 연기를 불듯 후, 부는 이도 있었다. 약에 취해 눈이 충혈됐다는 게 면죄부가 되지는 않는다. 그건 그저 눈이 빨간 미쓰였다. 어제 미쓰와 싸운 기억도 모모의 뇌를 쿡쿡 지르기를 그만두지 않아서 노여움은 쉽사리 재발했다. 하지만 둘이 있어야 간신히 파티에서 빠져나갈 수 있는 마당에 혼자 힘으로 파티를 멈추는 일은 불가능해서, 모모는 어떻게도 하지 못한 채 게임 속에서 아바타를 잡아 움직이듯 머릿속으로 미쓰를 잡아 창밖으로 내던졌다.

산타가 빙그르르 한 바퀴 돌기만 해도 지축이 움직이는 좁은 방이었다. 산타가 물을 뿜나 싶을 정도로 사방에서 쉴 새 없이 물줄기가 뻗기 시작했다. 처음에는 똑, 똑, 똑, 하고 한 점씩 색이 바뀌더니 점차 주위로 물들어 번져갔다. 산타는 한층 격렬하게 춤을 추었다. 가슴을 가리고 있던 부분도 풀어졌다. 물줄기를 맞아 땅이 갈라지듯 옷의 가슴 부분이 찢어지면서 왼쪽 가슴이 드러났고, 얼마 뒤 이어서 엉덩이, 오른쪽 가슴, 마지막에는 배 부분에만 휴지가 복대처럼 모였다.

싸구려 물총이라 물줄기는 가늘고 약했고, 흐릿한 조명 탓에 어두웠고, 제각각 교차했다가 평행으로 뻗었다가 뒤틀렸다 했다. 산타는 무척 즐거워 보였다.

실내는 술렁, 술렁, 술렁거리고 있었다. 곳곳에서 연기가 피어오르고 물이 왔다 갔다 했다. 이곳은 별세계인가 싶을 만큼 남자들은 황홀해하듯 처음 보는 징그러운 표정을 지으면서도 오른손만은 냉정 침착, 손에 든 담배에 물이 묻지 않도록 충분히 조심하는 것 같았다.

큰길에 면한 아파트였다. EDM을 큰 소리로 튼 차가 집 앞을 지나면서 헤드라이트 한 줄기가 커튼 틈으로 맹렬한 속도로 비쳐들어 방을 슥 베었다. 아무 일 없었다는 표정으로 방은 술렁, 술렁, 술렁……. 이곳에 고독은 존재하지 않는다는 미쓰의 말이 무슨 뜻인지 이제야 조금 알 수 있었다. 바퀴벌레 알처럼 고독이 모여들어 넘치고 있어서였다.

하지만 바퀴벌레들끼리 모여 바퀴벌레 컬처를 길러 새끼를 대량으로 낳아 어쩌려고? 맞아. 절대로 바퀴벌레이고 싶지 않은 바퀴벌레는 밤에 웅크리지 않는다. 참지 못하고 아침에 출몰한다. 바다거북이고 싶지 않은 바다거북은 바다로 가지 않는다. 홀로 시내를 향해…….

맞아, 하고 모모는 다시 한번 생각했다. 그래서 이를 오른쪽, 왼쪽, 두 번 갈고, 오른발, 왼발, 내디뎌 화장실로 향했다. 이 집 바닥을 맨발로 걸으면 발바닥이 더러워져 기분 나

뻔지라 쓰러진 남자를 매트 삼아 옷을 벗었다. 남자는 신음했다. 발바닥이 체온으로 따뜻해졌다. 두루마리 휴지를 몸에 감기 시작했다. 산타에게 쓴 휴지는 이미 다 썼으니까 새 것을 꺼내야 했다. 오른손으로 왼손으로 패스하며 휴지를 몸에 둘둘 감다 보니 이건 스스로 하는 게 더 간단하구나, 하는 생각이 들었다. 이미 될 대로 되라는 기분이었던 터라 수치심이고 뭐고 자기 안에서 다 내버렸다. 거기에 미쓰를 사랑하는 마음도 다소 묻어 있을 것 같았다.

모모는 춤추며 거실로 들어갔다. 재채기도, 미친 듯이 춤추는 반라의 여자도 혹은 소규모 폭발이라도 간단히 삼켜버릴 것 같은 소란이 그곳에 만연해 있었다. 어둑어둑한 가운데 미쓰의 공격적인 시선을 무시하며 음악에 맞춰 몸을 비틀었다. 그건 자신을 겨눈 총의 발사를 허가하는 신호이기도 했다. 물이 날아왔다. 처음에는 쿡 지르는 듯한 느낌만 있더니 그 뒤 차갑게 간질이는 것으로 바뀌었는데 둘 다 기분 좋았다. 기분 좋은 부분은 조금 지나자 끈적거렸다. 옷이 녹아 벌어지면서, 꼴불견이라든지 치욕 같은 단어는 사전에서 주르주르르 미끄러져 빠졌다.

얼마 동안 춤추기를 계속하자, 휴지로 정성스레 짠 드레스는 완전히 원형을 잃어 부분 부분 종이가 들러붙고 복대를 찼을 뿐인 알몸뚱이 여자 둘이 춤추는 모양새가 되었다. 이제 필요 없어져 바닥에 뒹굴고 있는 물총을 밟아 아팠다. 우리가 오면 어디든 파티라고 노래하는 곡은 많이 있는데, 그럼 자신과 산타가 없어도 여기는 파티려나, 하고 모모는 생각했다.

알몸이나 다름없는 상태로 서로 얼싸안고 표적이 되는 것을 감수했다. 가슴을 맞대고 있으니 계속 엉덩이만 노렸다. 모모는 유방이 벌어졌고 산타는 그렇지 않아서 이렇게 끌어안는 것만으로 산타의 가슴을 완전히 지킬 수 있었다.

산타와 모모가 춤추기에 싫증나기 전에 남자들이 먼저 물총 쏘기에 싫증이 났다. 누가 미쓰에게 "네 여친, 요괴 같다"고 말하는 게 들렸다.

"산타는 여기서 재운다 치고 이 여자는 그만 데리고 나가지? 너무 취한 거 아냐?"

"어쨌거나 먹을 게 다 떨어졌어. 사러 나갈까 했으니까 이 애 데려다줄 겸 나가자."

미쓰가 자신을 '이 애'라 불렀다는 것을 깨닫는 데 시간이 걸렸다. 반박하고 싶었지만, 화가 나서 입을 열지 않기로 하고 한동안 그렇게 침묵한 탓에 화내기를 그만둘 타이밍을 놓쳤을 때처럼 이제 두 번 다시 말을 못 할 것 같은 기분이었다. 자살하기로 한 사람도 이런 식으로 죽는 걸까, 하고 모모는 생각했다.

말없이 주저앉은 모모 옆을 여러 긴 다리가 감방 창살처럼 지나갔다. 혼잡 속에 "넌 누구 전용이야?" 하고 누가 물었다.

"미쓰." 다른 누군가가 대답하자 조용한 웃음이 물결처럼 일었다. 아, 그래, 이건 미쓰 전용이란 말이지, 그렇군, 그럼 내 전용은 아니네, 하고 이해가 물처럼 번진 듯 보였다.

"너무해." 산타가 반기를 들듯 큰 눈을 깜박였다. 순간, 시간이 멈추고 산타는 평소보다 훨씬 더 작아 보였다.

"맞잖아." 한 남자가 짜증스레 말했다. "그러는 너도 우리 전용이잖아. 미쓰 전용이기도 하잖아."

"어쨌든." 미쓰가 목소리를 높였다. "밥 먹을 거 사러 가자." 미쓰는 방에 말을 걸듯 말했다. 그리고 산타를 향해 돌아서 몸을 조금 굽히고는 산타의 볼살을 꼬집으며 "거짓말이야, 미안"이라고 갓난아기 어르듯 말한 뒤, 아까 산타가 어깨에 몸을 기대고 있던 남자의 팔을 붙잡아 귓가에 대고 뭐라 말했다. 남자는 임무를 받은 사람처럼 고개를 끄덕였다.

"가자." 미쓰는 함께 먹을 것을 사러 가려고 일어선 남자들을 현관 쪽으로 유도했다. 희희낙락하게 수습하려고 하는 태도가 기분 나빴다. 이런 남자를 사랑하는 법을 호시노가 한번 더 가르쳐주면 좋겠다고 생각했다.

"산타의 완벽한 세계를 내가 파괴했는지도 몰라." 미안하다는 뜻을 담아 산타에게 속삭였다.

"타마키, 이런 줄 진짜 몰랐는데." 산타가 웃었다. "저쪽이 타마키 건 줄 알았지 뭐야. 사실은 알고 있었을까."

"어쨌거나 너무해, 여기." 모모는 말했다. 굳이 말할 필요도 없는 일이라 말 주변에 체념을 퐁퐁퐁 늘어놓았다.

바퀴벌레 트랩 입구에서 다른 바퀴벌레들이 안에서 죽어가는 모습을 본 기분이었다. 자신이 곧 다다를 장소가 이런 곳이라면 정말이지 답이 없었다.

"하지만." 산타가 떼쓰는 어린애처럼 말했다. "그런 말도 너무해. 타마키는 타마키를 좋아하는 남자들이 좋은걸. 그래도 타마키는 모모도 좋아하니까, 나쁜 뜻으로 모모한테 미쓰를 소개한 건 진짜로 아냐."

"그런 의심은 안 해. 나도 알아."

"게다가 타마키, 배신당했다고 생각하지도 않아. 알고 있었으니까. 이미 알고 있는 사실을 타마키한테 상처 주려고 무기로 쓴다고 해서 상처 받지 않아."

산타가 몇 분 전 '몰랐다'고 한 말은 이때 덮어쓰기 됐으므로 모모도 그 변경에 따랐다. 산타는 모모를 올려다보며 두 손으로 모모의 오른손을 잡았다.

"그러니까 모모가 걱정 안 해도 타마키의 완벽한 세계는 파괴하는 게 불가능해. 모모가 여기에 타마키보다 녹아들어서 타마키보다도 타마키가 된다면 파괴될지도 모르지만, 그런 게 아니라면 괜찮아. 이걸로 진짜 충분하고 원래부터 아무래도 상관없으니까, 그러니까 괜찮아."

"그야 산타한테는 파괴하는 게 불가능할지 몰라도 쟤들은 파괴하는 게 가능하다고" 하고 모모가 말하자, 산타는 토라진 듯 "귀찮으니까 아무도 파괴하려고 하지 않아, 파괴하느라 들이는 수고가 더 아까울 거야"라고 말했다.

"난 내가 해온 선택이 모두 실수였다는 기분이거든, 산타는 안 그래?" 모모가 묻자 산타가 곧바로 고개를 끄덕였다. "진짜?" 또다시 고개를 끄덕였다. 모모는 어렴풋이 짜증을 느끼며 말을 이었다.

"하지만 산타가 어머니한테서 도망친 것도 조금이라도 더 괜찮게 사는 방법이 아니라 더 괜찮게 넘기는 방법을 발견한 것뿐이잖아. 어머니가 시키는 대로 하는 것보다 남자들하고 있는 편이 더 낫다는 거야?"

"여기서 같이 도망치자는 소리야?" 알몸뚱이 산타는 자랑스레 말했다. "그럼 타마키는 절대로 싫어. 모모는 좋아하지만 모모를 믿진 못해. 모모를 좋아한다는 건 거짓말이 아니지만 여자는 역시 싫어. 타마키를 배신하지 않을 거라고 증명할 방법이 없는걸."

모모에게 붙어 있지 않은 게 산타에게 상처를 주는데도, 모모에게 붙어 있지 않은 게 산타에게 들어갈 방법이 없으니까 모모는 산타의 믿음을 얻을 수 없었다. 자신의 몸 일부를 산타에게 줄 수 없으니까 산타의 마음속에 들어갈 허가증이 없었다. 어떻게도 할 수 없는 일이 어떻게도 할 수 없는 채로 강고해, 타개하기가 쉽지 않았다.

모모의 손을 잡은 손에 산타가 힘을 꽉 주었다. 온몸이 싸늘하게 식어 있던 터라 따뜻한 것은 이제 그 부분뿐이었다.

"그래, 그럼 미쓰루를 부르지? 타마키는 싫어. 미쓰루도 사실 이제 좀 있으면 큰일 날 것 같다고. 집에 와 있으니까 정말로 불러봐. 그렇잖아, 타마키를 버리면서까지, 당연한 이야기지만, 미쓰루를 구할 생각은 없고 모모를 구할 생각도 없어. 미쓰루도 타마키가 아니라 엄마 편이니까. 타마키는 누구라도 상관없어. 미쓰루든 모모든 아무 상관없지만. 둘이 타마키만 편들어주기 전엔 절대로 안 되니까 너희 둘로는 평생 안 된다는 뜻일 거야."

"호시노는 안 불러. 난 이제 산타처럼 호시노 없이도 살 수 있게 됐다고."

"진짜로?" 산타가 질문하듯 말했다.

산타의 이런 태도마저도 노여움의 대상이라 모모는 산타를 노려봤다. 모모가 가늘게 뜬 눈을 산타가 크게 뜬 눈으로 캐치했다. 사나운 시선은 산타의 보드라움에 튕겨져 나와 모모의 마음으로 향했다.

"야, 미쓰 여친, 얼른 와." 마지막으로 나간 남자가 현관에서 얼굴을 내밀었다. "미쓰도 불러."

산타가 엮은 손가락을, 마법을 거는 듯한 손놀림으로 살며시 풀더니 몸을 돌려 재빨리 옷을 갈아입었다. 그들을 따라잡기 위해 현관문이 다 닫히기도 전에 계단을 달려 내려

갔다.

장발 남자 세 명과 그중 하나의 여친이 24시간 영업하는 맥도널드로 향했다. 큰길을 따라 걸어 목적지에 다다랐을 때는 날짜가 바뀌고 십 분 뒤였건만 어째선지 불이 꺼져 있었다. 색이 없는 'M' 간판이 옆에 높다랗게 솟은 납작한 맥도널드였다.

"들어갈래?" 누가 먼저랄 것 없이 말했다. 미쓰가 자동문의 '손 조심'이라고 쓰인 삼각 스티커 조금 안쪽을 잡고 힘을 주었다. 자동문이 드드드 하고 수동으로 열리자, 미쓰는 손으로 공기를 가볍게 휘저은 뒤 돌아보지도 않고 "들어가자"라고 말했다. 한 명 또 한 명 뒤를 따르자 꽁무니에 선 남자가 마지막에 슬쩍 돌아봤다. 점포 자체의 불은 꺼져 있었지만 안쪽에서 어렴풋이 인기척이 났다. 모모는 그 자리에서 오른 다리도 왼 다리도 오른팔도 왼팔도 움직이지 못했다.

큰길에는 밝은 간판이 안쪽까지 이어지고 있었다. 달은 그 끝에 서 있었다. 곧 "죄송해요, 영업하는 줄 알고"를 포함한 불분명한 말이 가게 안에서 들려오더니 세 사람이 화살처럼 뛰쳐나왔다. 모모는 맨 앞에 있는 남자, 즉 침입할 때 맨 뒤에 있던 남자와 눈이 마주쳤다. 남자가 크게 웃음을 터뜨렸다. 그러더니 "야, 미쓰"라며 미쓰에게 모모를 가리켜 보였다. "이거, 0 아냐?"

'이거'가 자신을 가리킨다는 것을 깨닫는 것조차 조금 시간이 걸렸다. 0을 미쓰와 미쓰 친구들이 최고의 모욕으로 사용하는 것을 들어 조금은 알고 있었던 터라, 모모는 자신이 여기서 분개해야 하리라는 것도 알 수 있었다.

"말도 안 하고 안에 들어가지도 못하고, 우리가 방금 나왔더니 우리가 아까 들어갔을 때랑 똑같은 표정으로 저기 우두커니 서가지곤, 나도 모르게 웃었다. 산타 친구인지 미쓰 여친인지 몰라도 우리랑은 안 맞아."

미쓰는 입을 열지 않았다. 미쓰가 펭귄 못 속에 뛰어든 이유를 알 것 같았다. 미쓰가 자신의 새끼발가락을 소중히 여긴 이유를 알 것 같았다. 학교 축제 때 있지도 않은 휴대전화를 홀로 찾던 미쓰가 어째선지 생각났고, 그러자 미쓰가 안고 있는 것과 그것을 안은 채 미쓰가 필사적으로 싸우고 있는 것을 더욱 알 것 같았다. 모모는 천천히 진행 방향을 바꿔 남자들로부터 떨어졌다. 미쓰가 바로 모모에게로 달려오면 다시 생각해줄 수도 있다고 모모는 생각했다. 미쓰가 모모의 오른손 손목을 확 챘다.

"그러고 보니까." 자신의 우위를 강조하는 듯한 강한 어조였다. "산타한테 들었어, 네가 개 동생하고 결혼했다는 이야기. 나도 그럴 리 없다고 생각했는데."

"그렇잖아, 미쓰도, 미쓰가 굳이 나 아니어도 됐다는 것쯤은 나도 알아. 산타가 한 남자한테 정착하는 타입이 아니니까 그럼 나도, 한 것뿐이잖아. 난 타협의 연애 같은 거 한, 번도 한 적 없는데." 모모는 그렇게 말하고 나서 마지막 부분은 거짓말이네, 하고 남 일처럼 생각했다.

"아냐, 난 언제나 진심이야."

"그 정도 진심은 나도 언제든 가능해."

"그럼 지금, 이걸, 정말로, 모모를 위해 삼키겠어."

미쓰가 바지에 손을 넣어 오른 다리에 차고 있었을 고무벨트에서 총알 하나를 꺼내 곧바로 입에 넣었다. 이전에 보여준 검지만 한 길이의 총알과는 달리 새끼손가락 반쯤 되었다.

그것을 입에 넣은 채 눈을 감고 아스팔트가 팬 곳에 생긴 물웅덩이에서 두 손으로 물을 떴다. 오른쪽 뺨에서 조금 튀어나온 총알을 미쓰는 꿀꺽 삼킨 다음 모모를 향해 입을 크게 벌렸다.

"바보." 모모는 구강의 공허를 놀리듯 웃었다. "네가, 난 안다고, 네가 말이지, 네가." 누가 간질이는 것처럼 몇 번이고 웃는 바람에 말이 이어지지 않았다. "무슨 일이 있을 때마다 그 총알을 삼켜서 책임을 진다든지 남자다움을 과시한다든지 그런 식으로 보여주고 싶어 하는 거. 다들 비웃는 걸 못 알아차렸을 수도 있는데. 그럼 말이야, 늘 바지 속에 촌스러운 고무벨트 차고 다니는 것도, 그게 네 부적이라기보다 네가 남자다움을 과시하고 싶은 장면에서 삼키기 위한 거잖아. 게다가 큰 것도 있는데 구태여 작은 걸 삼켰지."

모모는 미쓰의 바지에 손을 쑥 넣었다. 모모의 얼음장 같은 손이 잠시 덥혀지는 한편, 미쓰는 모모 손의 차가움에 부자연스럽게 몸서리를 쳤다. 손의 감각으로 커다란 총알을 꺼내 미쓰처럼 삼키려고 한 다음 웩웩거려 총알을 토해냈다. 총알은 모모의 침 거품을 뒤집어쓴 채 아스팔트에 떨어져 인도 한옆 풀숲으로 대굴대굴 굴러갔다.

모모는 미쓰를 노려봤다. 물론 자신이 미쓰의 그런 둔감함을 좋아했던 것을 부정할 생각은 눈곱만큼도 없었다.

나는 미쓰를 좋아한다. 그렇지 않나, 미쓰를 좋아하는 게 아니라면 이상하다. 하지만 그건 조금 전 산타가 그 남자들을 좋아한다고 계속 우긴 것과 같은 일이 아닐까, 하는 일말의 불안이 모모 자신의 빈틈으로 기생충처럼 스르르 파고들었다.

미쓰를 좋아한다고 선언하는 것은, 지금 나는 호시노가 아니라 미쓰를 좋아한다고 확실하게 말하는 것은, 모모가 지금부터 이런 식으로 호시노 없이도 살아갈 수 있다는 것을 증명했다. 다시 말해, 호시노와 함께 있었던 시간이 특별했던 것이 아니고 모모는 호시노 이전과 호시노 이후로 달라져 호시노 이후의 부분 전부가 특별하다는 확고한 증거가 되었다.

모모의 심心, 기技, 체體는 몇 단계 진화했을 터였다. 연애는 혁명이라고 생각했다. 그 외의 것은 퇴화라고 생각했다. 미쓰가 길에서 벗어나는 방식은 압권이었고, 호시노가 길을 나아가는 방식은 언제나 망설임이 없었다. 그리고 모모가 그들을 사랑하는 방식도 우주를 관통해 천국을 걷어차는 것처럼 망설임이 없고 압권일 터였다. 산타가 '세차고 믿을 수 없는, 탁류 같은 인생을 막는 게 연애 아냐?'라고 했던 것이 기억나면서, 자신의 인생이 너무나도 꼴사납게 느껴져 생각하는 것도 귀찮아졌다.

미쓰. 머리 한구석에서 한가운데의 무대로 미쓰의 손을 잡고 데려왔다. 미쓰를 좋아하고 자신에게는 미쓰밖에 없다고 생각하고 있었다. 그렇기에 지난날들도 호시노와 결혼 관계를 유지하면서 미쓰와 사귀는 게 아니라, 미쓰와 사귀면서 호시노와 결혼 관계를 유지하는 것이라고 오해했다.

지금 그런 미쓰에게 "얼른 따라가시지?" 하고 내뱉듯 말했다. 모모는 미쓰의 친구들을 턱짓으로 가리켰다. "네가 그렇게 좋아하는 친구들이잖아. 다음에 만나면 저 중에 누가 미쓰인지 절대 모를걸."

미쓰는 네가 말 안 해도 간다, 하듯 어깨를 으쓱했다.

비는 오지 않았다. 달이 컸다. 돌아보니 남자들의 둥근 뒷모습이 보였다. 미쓰만은 얼마 있다가 모모가 따라오는지 확인하듯 돌아봤다가 모모와 눈이 마주쳤다. 모모는 고개를 천천히 흔들며 오른손을 들었다. 미쓰는 무슨 생각을 했는지 엄지를 들고는 남자들 쪽으로 몸을 돌렸다. 미쓰의 뒷모습이 오른쪽에서 몇 번째가 미쓰인지 알아볼 수 없을 만큼 작아짐과 동시에, 자신 안에 있던 아주아주 크고 무거운 것이 무시무시한 속도로 쭈그러드는 것을 알 수 있었다. 자기 마음속의 기적적인 균형이 순식간에 무너져가는 바람에 두 발에 균등하게 힘을 실어 서 있는 게 고작이었다.

멀리, 우체통 조금 못 미친 언저리를 걷는 남자들의 뒷모습을 머릿속으로 붙들어 밤하늘로 날려서는 밤하늘에 등을 접착했다. 모모도 근처까지 발부터 날아갔다. 벌렁 뒤집힌 벌레 세 마리가 팔다리를 버둥대고 있었다. 왼쪽 끝 벌레에서부터 오른쪽에서 두 번째 미쓰를 지나 오른쪽 끝 벌레까지 천천히 옆으로 이동하며 코를 콕, 콕, 콕 질렀다. 방긋 웃었다. 조금 아래로 내려가 이번에는 작은 순무를 뽑듯 신발을 쏙쏙쏙 벗긴 다음 손에서 놓아 공중에 사뿐히 떨어뜨렸다. 이어서 새끼발가락을 비틀어 잡아 뜯었다. 수영장 속에 있는 듯한 느낌이라 팔을 한 번 휘저으니 남자들 머리 위로 올라갈 수 있었다. 남자들 오른쪽 위에 있는 별에 손이 닿았다. 찢어지지 않도록 조심해서 별을 떼어 휴대전화 화면에 밀어 넣고, 그 ★를 길게 눌러 호시노와의 대화 화면으로 끌어가 호시노에게 ★라고 보냈다. 별똥별을 튕겨내듯 재빨리 온 답신은 '뭔데?' '지금.' '지금?' 미쓰의 집 주소를 보냈다. 집까지 걸어갔다. 가끔 화면을 확인해도 답신은 없었다.

모모가 준 ★와 교환한 것처럼 ★노는 당장 미쓰의 집으로 왔다. 하지만 정말로 호시노인지 아닌지 확신이 없어서 조심조심 현관문을 열고 얼굴을 봤다. 호시노를 일 년간 보이지 않는 곳에 둔 것 같은 얼굴의 남자와 눈이 마주쳤다. 모모는 자기 이름을 밝히듯 "호시노"라고 말했다. 디룩, 하고 호시노의 검은자위가 움직였다. 서로의 검은자위가, 몸이 아니라 검은자위가 자석처럼 들러붙어 떨어지지 않았다. 호시노의 눈은 조금 충혈되어 있었고 모모의 눈은 갈색이었다. 심장을 걸레처럼 쥐어짠 것 같은, 온몸에 풀씨가 들러붙은 것 같은 이 느낌.

"호시노" 하고 한 번 더 말하자, 호시노도 "모모오"라 하고는 힘없이 헤헤 웃었다.

모모와 호시노는 포옹해 온도차가 나는 체온과 오랜만이야를 주고받았다.

"빨리 왔네."

"여름방학이잖아. 본가에 와 있었기 때문에 오토바이로 달려서 왔어."

"그건 산타한테 들었어."

소파에 나란히 앉았다. 두 사람의 위팔 사이에 일 년분의 거리가 벌어져 있어 충분히 몸이 맞닿지 않는 것이 답답했다. 마침 둘 다 배가 고팠던 터라 냉동고에 있던 랩으로 싼 밥을 전자레인지로 해동해 소금을 쳐 먹었다. 뜨거, 뜨거어, 하고 둘 다 입을 벌린 채 저도 모르게 말하자, 공룡이라도 된 것처럼 입에서 김이 확 나왔다. 함께 웃자 그것도 연기가 되었다.

"일 년 사이에 뭔가 달라졌어?" 호시노는 소파 등받이에 왕처럼 손을 얹었다.

"몰라. 하지만 십대 때 일 년 안 보면 완전히 딴사람이란 말 많이 하잖아."

"그렇지만 난 일 년 동안 잊지 않고 머릿속에서 모모를 길렀으니까 괜찮아. 모모의 전문 분야가 얼마만큼 성장했어도 놀라지 않아. 맞혀볼까?"

"응."

"남자가 생겼다."

"생겼지만 이젠 없어."

"그 사람을 좋아했어?"라는 물음에 고개를 끄덕이면서도, 당시 왜 이 인간을 좋아했을까? 싶었던 남자가 왜 그 녀석을 좋아했는데? 싶은 여자를 좋아했다는 연쇄의 배턴이 드

디어 자신에게 돌아온 것 같아 모모는 즐거웠다.

"내가 돌아와서 그런 거지?"

"돌아와서? 그냥 잠깐 온 게 아니라 역시 진짜로 돌아온 거야?"

"응, 뭐." 호시노가 천장을 올려다보면서 아래 치열이 보였다. 호시노의 치열과 꽤나 오랜만에 눈이 마주친 건데, 어느 치아나 예전과 전혀 다름없이 비뚤어진 데다 기억 속에 있는 호시노의 위 치열과 너무나도 일치해서 반가움은 조개 맞추기 놀이처럼 마음의 빈틈에 꼭 들어맞았다.

"잘은 몰라도." 호시노는 말을 이었다. "떠났을 때랑 완전히 똑같은 장소로 돌아온 건 아닐 것 같지만 그 학교로 돌아갈 생각은 없어."

"그럼 호시노는 뭔가가 달라졌구나?"

"많은 게 달라졌지."

"그래?" 모모는 호시노 쪽으로 조금 엉덩이를 옮겼다. "그 야 일 년 동안 머릿속에서 기른 건 아니지만 난 호시노도 가끔, 아주 가끔, 생각했다고."

"어떤 때?"

"글쎄." 모모는 답을 알면서 생각하는 척했다. "남자가 콘돔 쓸 때였을지도."

"너무하지"라며 모모가 웃자 호시노가 거의 동시에 "와, 끝내주는데!"라며 웃었다.

왜 그때 그런 색깔 콘돔을 썼느냐고 묻자, 호시노는 "아니, 난 도중에 갑자기 웃는 여자가 취향인 부분이 있어서" 하고 대답했다.

"전혀 이해가 안 되네, 내가 만약 남자였으면 너무 비참해서 쪼그라들지도."

"난 지는 걸 좋아하거든. 학교에서도 쭉 그랬잖아."

"일부러 진 거였어?"

"싸움을 포기하는 게 살아남는 수단이었던 거야. 노력하지 않는 게 멋지다는 거하곤 좀 다른데."

모모는 고개를 끄덕였다.

"난 완벽한 방법을 유치원 때 찾아낸 것뿐이야, 임의의 집단에서 살아남는 완벽한 수단을. 하지만 이 수단을 쓸 수 있는 사람은 한 명뿐이라 두 명째부터는 안 돼. 1인용이야. 그리고 공부도 잘하지 않으면 의미가 없고. 피라미드 맨 밑에 위치하는 고등학교에서 그래봤자 놀림을 당할 뿐이니까 그런대로 괜찮은 학교에 가야 해. 모모는 모를지도 모르지만 어느 학교에나 나 같은 녀석이 꼭 하나씩은 있어. 심술부리려는 게 아니라 모모는 그중 어느 녀석하고 연애를 했어도 상관없었던 거야."

그 '방법'이 어떤 것인지, 호시노는 호시노의 인생 투어를 하듯 천천히 설명했다.

간단히 말하면 스스로 어릿광대가 되는, 그것도 남들이 업신여길 수 없는—크지도 작지도 않은 정도의—어릿광대, 도를 넘지 않는 절묘한 어릿광대 레벨을, 베이킹할 때 중탕의 물 온도를 일정하게 유지하듯 항상 조정한다는, 그냥 그것뿐인 방법이었다. 그 모든 일은 상식을 아는 사람만이 몰상식한 행동을 할 수 있다는 지극히 단순한 이론을 바탕으로 한 것이었다. 호시노가 변경한 세세한 주의점도 있었지만, 그래도 해명이 불가능했던 호시노라는 생물이 갑자기 매우 단순한 것으로 보여 모모는 맥이 빠졌다.

예전에 호시노가 그 심한 복잡함으로 자신의 상상 속으로부터 탈주할까 봐 무서웠던 것을 지금도 기억하고 있었다. 그건 호시노가 자신보다 복잡하지도 단순하지도 않기를, 즉 자신이 호시노와 완전히 똑같은 무늬로 있기를 바라서였을 것이다. 모모는 블랙박스 안에 든 물체가 너무나도 싱거운 것이었을 때 느끼는 것 같은 공허한 낙담을, 가까스로 목구멍에 붙들어둔 채 떨어뜨리지 않도록 조심하고 있었다.

"하지만 그런 식으로 학교마다 내가 한 명씩 있어서 토너먼트처럼 대학이나 사회에서 맞붙게 되는 거라면 나 아닌 나는 어떻게 하고 있을까 싶거든. 예를 들어 각 학교에서 명백히 1등이었던 녀석은 역시 서로 대결하게 되는데, 그럼 우리는 어떻게 하면 되는 걸까. 누가 꼴등이 될 수 있나 경쟁하는 걸까. 하지만 역시 결국은 막다른 길이란 말이지. 내 안에서 난 1등일 테니까 틀림없을 거야. 어떻게 해도 막다른 길이 되는 삶은 역시 존재해. 그리고 그런 게 내 삶이었어. 제비를 뽑았더니 꽝이었다 하는 그냥 그것뿐이지만, 역시 편한 선택엔 함정이 있어. 진짜 내가 사는 방식은 이제 어디서도 통하지 않거든. 내가 결혼했다고 말해도 이제 열아홉 살이니까, 대학생이니까, 아무도 웃지 않아. 그래? 대단하네, 하고 말아. 그게 아니잖아, 결혼했다고, 내가. 충분히 웃기지 않아? 웃으라고. 하나같이 기분 나빠. 진짜 그 녀석들, 답이 없어. 하지만 의학부 녀석들 잘못은 아니라고 생각해. 내가, 내 이야기라고, 이건. 진짜로 땅에서 헤엄치는 기분이야. 땅에서 헤엄치듯 사는 것 같아."

호시노가 마지막 두 마디에서 익살을 부리기에 연동하듯 모모도 웃었다.

　"그 왜, 중학교 때 릴레이 최종 주자로 뛰었는데 엄청 느려서 애들한테 욕 먹은 녀석 있잖아? 수영부에서 헤엄치면 지역에서 몇 등 하는 녀석이. 그런 녀석은 아무래도 상관없지만."

　"상관없는데 왜 말을 꺼내?"

　"두뇌 처리 능력의 낭비네, 진짜 언뜻 생각난 것뿐인데. 바로 내쫓을게, 이런 녀석은." 호시노는 얼굴을 찌푸렸다. "자, 얼른 나가"라며 머리를 때렸다. 모모는 웃었다.

　"그러니까 고등학교를 졸업하고 나서 남은 건 추억이 아니라 처세술뿐이었다고 생각해. 처세술을 소중히 끌어안고 죽으면 바보 같잖아. 그러니까 뭐랄까, 지구 종말에 대비해서 호신술만 들입다 훈련한 녀석이 결국 서바이벌 능력이 너무 없어서 죽는 것처럼 한심하지, 그 왜, 불도 못 피워서 얼어죽는 것 같은. 그러니까, 즉 살아남는 방법만 알고 사는 방법을 몰랐던 거야. 하지만 어쩔 수 없는 일이거든."

　호시노와 자신은 같은 종류의 동물이다. 그건 두 사람의 생태가 같아서, 즉 똑같은 생존 방법을 시도해서라고 모모는 믿어 의심치 않았다. 그런 호시노가 자신의 방법으로는 막다른 길에 부닥칠 뿐이라고 한다면, 자신도 여기가 막다른 길이 아니면 이상할 것이라고 생각했다. 살아남은 공룡은 존재하지 않는다. 멸종위기 동물이란 것은 역시 곧 멸종하는 게 아닌가.

모모에게 생활은 수단이고 무기였다. 그리고 연애는 도구였다. 그렇기에 이제 무기로 기능하지 않게 된 생활은, 안전하고 평온하고 즐거운 생활은, 바야흐로 도구가 아닌 연애는. 자신이 움직이는 물풍선은 고등학교를 졸업하자 맥 빠질 만큼 싱겁게 터졌다. 비눗방울 속의 마리오인 채로 나아가는 것은 불가능했다. 지금까지 살면서 망가뜨린 것을 앞으로 평생을 들여 고쳐야 했다. 하지만 모든 것을 고치기에는 살짝 너무 많지 않나.

소파에 나란히 앉아 있었던 터라, 가끔씩 차가운 귓불과 귓불이 건배라도 하듯 쨍 부딪쳤다. 그건 중고등학교 시절, 가슴이 작은 하트 모양으로 꼭 쪼그라들던 느낌과 약간 비슷했다.

"사는 법을 배우기에 이젠 너무 늦었을까?"

"벌써 열아홉이잖아. 죽음이 바로 저기까지 와 있다는 느낌이라고. 난 이제 글렀어." 호시노가 손으로 가위표를 긋는 걸 보고 모모는 소리 내어 웃었다. "이제 곧 죽을 거라면 살아남을 필요가 없단 생각이 들거든."

호시노와 눈이 마주쳤다. 역시 호시노는 이제 ★노가 아니라 철저하게 호시노라고 생각했다. 그건 예전의 호시노는 모모의 연애 감정을 반사해 번쩍이는 듯 보였다는 뜻하고는 전혀 달랐다.

어차피 인생에서 얼른 죽고 싶은 날과 더 오래 살고 싶은 날은 반반이었다. 그렇다고 플러스 마이너스 제로인 것은 아니고, 반반의 합산이 인생이라는 건 좀 이상하다는 생각도 드네. 피는 자꾸만 머리로 솟아 뇌의 나사를 술술 풀었다. 뇌가 느슨해지고 몸의 관절이 점점 부서졌다.

관절이 하나도 없는 연체동물 상태로 수납장을 열어 호시노에게 줄 새 칫솔을 꺼냈다. 치약을 그 위에 쭉 짜주었다.

미쓰가 미쓰가 아니어도 된다고, 예를 들어 미쓰는 호시노여도 되고 나아가 호시노가 호시노가 아니어도 된다고 한다면, 그럼 나는? 하는 생각이 들었다. 다른 어머니의 산도에서 태어나도 상관없었다. 이 치약 튜브 끝에서 태어나도 아무 상관없었다. 나는 내가 아니라도 별반 상관없었다.

색색의 사탕 같은 사고를 뇌의 요철 속에서 대굴대굴 굴려, 최종적으로는 전부 어느 오목 팬 곳에 쏙 들어앉았다. 모모는 공룡 크기의 희망을 멸망시킨 뒤 세게, 세게, 세게 손을 잡아끌고 '호시노와 여기서 빠져나가자'고 생각했다.

나는 호시노에게 구출됐다, 하고 모모는 생각했다. 그러니까 호시노는 내게 특별하다. 하지만 호시노는 내게 구출되지 않았고 나는 호시노에게 특별하지 않다. 짝사랑은 아마 아닐 테지만, 특별의 화살표가 가리키는 방향이 하나뿐이라고 할지, 그게 저쪽을 향하고 있다고 할지, 좌우지간 평등하지 않다. 그러니까 호시노는 앞으로 특별을 찾는 여행을 떠나야 한단 말이야. 그건 진짜로 엄청난 일이란 말이야. 문제가 해결된 사람과 그렇지 않은 사람이 있는데 디 엔드의 타이밍을 똑같이 맞추려면 어느 한쪽이 주인공일 필요가 있지. 마치 내가 어느 나라 공주님인 것처럼 말이야.

소파에 책상다리를 하고 앉은 호시노의 코앞에 공주님처럼 손을 들었다. 호시노는 짐짓 손등을 깨물어 손의 피부가 늘어나는 게 보였다. 피부가 쭉 늘어나더니 뚝 터지는 순간도 보였다. 두 사람은 눈을 마주치며 웃었다.

이번에야말로 두 팔에 모든 선택의 가능성을 꽃다발처럼 안게 해주면 좋겠다. 타인에게, 세상에게 콩알 하나만큼도 기대하지 않도록, 자신이, 나 자신이, 모든 것을 손에 넣을 수 있다면. 자신과 세계의 경계선을 망설이지 않고 그을 수 있게 된다면. 이 두 손에 세계가 있어서 그걸 자신과 자신이 아닌 것으로 가르라고 한다면, 케이크를 삼등분 하라는 명령을 받은 비행소년처럼 맛이 갈 거야. 내일과 오늘은 죽어 보고 내일모레는 또 스키 타러 가고 싶다. 나를 너무너무 좋아하는 연인이 있으면 좋겠고, 나를 전혀 좋아하지 않는 연인도 한 명은 있으면 좋겠고, 모든 것을 용서받으면 좋겠다. 이야기에 등장해도 발사되지 않는 총이 있으면 좋겠다. 우정도 연애도 일도 생활도 하지 않는 사람들이 나오는 이야기가 있으면 좋겠다. 모든 것에 대한 용서를 당신에게 주고 싶다.

그러는 사이에 자신의 몸에 해적 룰렛처럼 남자가 꽂혔다. 저도 모르게 아하하 웃었다. 볼이 약간 상기된 호시노와 눈이 마주쳤다.

일상이 먹어치워지는 것과 똑같은 속도로 서로를 먹어치웠다. 옛날옛날 한옛날에 같은 리듬으로 심장을 확 빼 보였다. 두 사람의 세계에 몸뚱이는 정말 필요 없지. 서로의 몸이 과자 집이라면 그보다 더 좋을 수 없을 거야. 서로가 상대방의 게임기고, 상대방의 과자 집이고, 애완동물이고, 집이고, 식기고, 젓가락이고, 그런 관계성은 진짜 최고지.

귀를 깨물자 사르르, 무슨 뜻인지 알려나? 고급 고기가 녹는 느낌으로 입속에서 풀어졌다. 따뜻한 것에 싸여 고체가 액체로 변해갔다. 키스를 하면 거기서부터, 손을 대면 거기서부터. 어깨는 언제나 질겼지만 하리보 젤리를 씹는 느낌으로 물어뜯었다. 지저분하게 먹는다는 게 이런 걸까, 동족상잔이랄지, 공동 의존이랄지, 우리는 애초에 죽으려는 생각은 한 번도 안 해봤고, 먹으면 죽는다는 위기감도 별로 없잖아? 생선 살을 젓가락으로 바를 때 그 물고기를 죽이겠다는 생각으로 먹는 게 아닌 것과 마찬가지였다. 서로 발라먹었다. 발라, 먹었다. 이렇게 기분 좋은 일이 또 있을까? 디즈니 리조트 라인이 디즈니랜드로 이어지듯 집중은 이 우물우물한 즐거움으로 이어졌다.

씹은 것을 꿀꺽 삼켰다. 울대뼈는 사형을 집행하는 레버처럼 오르내렸다. 호시노를 봤다.

문득 뒤꿈치가 차가워, 모모는 발바닥까지 흘러내린 양말을 벗고 뒤꿈치에 있는 정체불명의 뾰루지를 어루만졌다. 점은 오른손 손목에 큰 것 두 개, 작은 것이 한 개, 왼손 손목에 큰 것 한 개. 차례대로 만졌다. 손등에는 모기 물린 자국. 셋째손가락에는 연필 굳은살. 그리고 얼굴에 둘, 온 등에 난 여드름. 말을 모스부호로 옮기듯 가슴에 난 여드름을 점자로 읽어볼래? 읽어볼까? 분신사바의 영어판 표를 스마트폰에 띄워 알파벳마다 호시노와 모모로 번갈아 읽었다. b, i, o, m, e, j, o, u, r, n, e, y.

모모와 마주 보며 M자로 앉은 호시노의 두 발목이, 호시노의 몸 양옆으로 삐져나온 것이 보였다. 몸을 끼워 넣듯 해서 양말을 양쪽 다 벗겼다. 그리고 두 손으로 얼굴을 잡고 키스했다. 입술은 떼지 않은 채 자신의 두 손을 호시노의 두 볼에서 허리로, 그리고 허벅지를 지나 발목으로 가져갔다. 뒤꿈치에서 발가락으로 그리고 두 새끼발가락에 손이 다다르는 데 시간은 걸리지 않았다. 하트 모양 심장을 쭉 비틀듯 두 새끼발가락을 비틀어 땄다. 내던졌다. 키스할 때 이건 마치, 마치 음악 같네 싶을 때가 있었다. 딩디기딩, 트럼프 타워를 무너뜨리듯 서로를 완전히 무너뜨려갔다. 앞니 뒤에 줄기 같은 것이 낀 것 같기에 혀로 긁어 뗐다. 이건 호시노의, 아니 나의, 어느 부분에 있는 뭘까. 이미 가경에 이르러 온갖 부분이 액체화되어 먹는다기보다 수프를 떠 마시는 것 같아졌다.

전설적인 아이돌이 마이크만 바닥에 내려놓고 무대를 떠나는 것처럼 우리, 마지막엔 눈만 남았어. 모두가 나를 질투하지 않는 게 이상할 만큼 눈만 남았어. 동그란 것이 네 개. 숨을 몰아쉬며, 헉헉거리며, 역시 네 개 있었어. 주위는 뭔가의 열로 마라톤을 막 끝낸 뒤의 불처럼 뜨거웠어.

대굴. 의외로 울퉁불퉁하네, 그러게. 대구루. 뒤는 보지 마 창피하니까 알아 하지만 내가 키가 더 크니까 보려고 들면 보이는데, 그렇지만 이제 키 같은 거 없잖아, 그러네, 모모는 우리가 키 차이가 별로 나지 않는다고 주장했지만 거울 보면 일목요연했지, 이제 그걸 증명할 수단이 없지만. 그럼 누가 더 클까. 누가 더 재능이 있을까. 쑥. 난 말이지, 맨눈이어도 남들이 "모모, 컬러 렌즈 꼈어?" 하고 물을 정도로 눈동자가 예뻤거든, 뭐, 얼굴 전체로 따지면 예쁘진 않았지만, 그러니까 이 상태는 본의가 아니지 않을지도. 얘, 이래선 뽀뽀도 못 하겠네, 하지만 미쓰, 미쓰 친구는 말이지, 누가 재미있는 인간인지 아닌지는 눈을 보면 알 수 있다고 했으니까, 그러니까 호시노도, 세계 인류가 눈만 남았어도 소중한 사람을 발견할 수 있지 않았을까? 얘, 나 여기 있으니까 외면하지 마, 그럴 리 없잖아…….

게다가 말이지, 지금부터 만회할 필요도 없거든? 되찾을 수 있어, 고스란히.

따릉따르릉, 두둥두두둥.

내 코가 몇 센티만 더 높았으면 역사는 몇 밀리 바뀌었을까. 옆에 있는 거 호시노 아니었어? 설마. 몇 번을 죽어도, 어느 미래에서나, 또 만나자. 모모, 100퍼센트야! 연인은 0퍼센트, 소설도 음악도 0퍼센트, 어떤 인간도, 어떤 컬처도, 여기서 한 발짝도 건너지 못해.

자, 내가 손뼉 치라고 하면 망설이지 않고 손뼉을 쳐줘.

짝, 짝.

온갖 음악이, 소설이, 영화가, 친구가, 가족이, 지나가는 사람이 너한테 말을 걸었을 거야. 하지만 어떤 행동이 결정타가 되는지는 모르니까. 도망칠 길은 반드시 있어. 삶에는 에멘탈 치즈처럼 구멍이 뚫려 있어. 나는 도망친 게 아냐. 사라질 방법이 있다면 나타날 방법도 꼭 있을 테지. 죽을 방법이 있다면 사는 방법도 꼭 있을 테지. 너도 죽어야지 생각한 타이밍에 죽었더라면. 살아야지 생각한 타이밍에 매번 사는 쪽을 택했으니까 죽음도 언젠가 삶으로 둔갑할 거야.

짝짝짝짝.

또 돌아올게. 모든 게 이뤄질 것 같거든. 그래, 삶에서 죽음을 밀어내고, 산다는 건 분명히 즐거울 거야. 그러니까 날 보고 있어줘. 네가 해온 모든 선택이 조금도 실패가 아니었다는 것을 분명 언젠가 증명할 수 있을 거야.

짝.

이 세상에 넌 몇 명 있을까? 누구 뇌리에, 누구 옷장에, 어떤 그림이며 소설이며 영화에 살고 있을까. 그것들은 모두 호크룩스(〈해리 포터〉 시리즈에 등장하는 영혼을 담는 물건)일 수 있어. 그중 몇 명이 죽이고 몇 명이 죽임을 당하고, 나머지를 모두 사랑하면 분명 조수 간만처럼 닥쳐드는 죽음으로부터 한 명쯤은 말이지, 그걸 다할 수 있으리라 생각해.

온몸의 힘을 뺐다. 시커멓고 커다란 원구가 보였다 안 보였다 하는 의식 속에, ★노가 "갠찮아. 저니……"라며 손을 흔들었다. Biome journey, goodbye friends. 자도 안 자도 나, 의 내일이 이제 곧. 와. 박수!

역자 후기

　　모모 100퍼센트. 복숭아 과즙 100퍼센트처럼 싱그럽
고 달콤할 것 같은 이 이야기는, 그러나 싱그럽지도 달콤
하지도 않다. 복숭아라는 이름을 가진 소녀 '모모'와 이름
에 별을 지닌 '호시노', 꿀이라는 뜻을 가진 '미쓰', 또 일 년
365일 매일매일이 크리스마스일 것 같은 '산타'는 집에서,
학교에서, 사회에서 두 발을 둘 자리를 찾으려 안간힘을 쓰
고 있다. 그들은 모두 자기 나름의 방법으로 이 살기 힘든
세상에서 살아남으려 한다. 양심적으로(?) 팬티 팔기를 선
택하는 '모모', 스스로 나서서 어릿광대 노릇을 하는 '호시
노', 자신의 몸을 제공하는 '산타', 비굴함을 감수하는 '미
쓰'. 다른 사람이 보면 이해하기 힘들 수도 있는 방법이 그

177

들에게는 최선이다.

안타까운 것은 그 방법이 사실은 그들 자신에게 상처를 준다는 점이다. 그들은 다른 사람을 이용하는 것처럼 보일 때도 있지만, 상대에게 상처를 주려 들지는 않는다. 상대방에게 상처를 주기는커녕, 되레 가장 큰 상처를 입는 사람은 자기 자신이다. 그런데도 그들은 그 외의 방법을 알지 못한다. 그래서 그만두지 못한다.

그건 어쩌면 십대 특유의 결벽성에서 비롯된 것처럼 보이기도 한다. 꼬불꼬불한 머리카락, 생리혈, 새끼발가락에 이르기까지 자신의 신체에 집착하는 한편 강렬한 혐오감을 드러내는 '모모'의 결벽성은 자신을 함부로 하는 것으로 표현된다. 연애지상주의라는 말로 표현되는 '모모'에게 연애란 달짝지근한 핑크빛 감정이 아니다. 누군가의 곁에 있음으로써 자신의 자리를 확보하고 싶은 처절한 몸부림이다. '모모'도, '호시노'도, '미쓰'도, '산타'도 누군가에게 기대고 싶지만 실은 아무에게도 기댈 수 없다는 것을 잘 알고 있다. 그래서 결국 스스로를 도려내기를 택한다.

이야기의 끝에서 '모모'는 다시 혼자가 된다. 원래도 늘 혼자였지만 '미쓰'를, '산타'를 그리고 '호시노'마저도 떠나

보내고 '모모'는 이제 또 새롭게 자신이 있을 곳을 찾아야 한다. 있을 자리를 찾으러 모모 또한 떠나야 한다. 그 모습에 우리 자신을 겹쳐본다.

권영주

모모 100%

ⓒ 히비노 코레코, 2025

초판 1쇄 인쇄일 2025년 1월 15일
초판 1쇄 발행일 2025년 1월 22일

지은이   히비노 코레코
펴낸이   정은영
옮긴이   권영주
편집   박서령 박진혜
디자인   이선희
마케팅   최금순 이언영 언병선 송의정
제작   홍동근

펴낸곳   (주)자음과모음
출판등록   2001년 11월 28일 제2001-000259호
주소   10881 경기도 파주시 회동길 325-20
전화   편집부 (02)324-2347 경영지원부 (02)325-6047
팩스   편집부 (02)324-2348 경영지원부 (02)2648-1311
이메일   munhak@jamobook.com

ISBN 978-89-544-5227-4 (03810)